Primer amor de campamento

GIGIIS

Primer amor de campamento

mr

Edición y fijación del texto: Michelle Alcalde Durán, 2024

Diseño de interior: María Pitironte
Recursos de interior: © María Pitironte, a partir de los originales de Shutterstock
Ilustración de portada: © Sara Ruiz Capdevila, 2024

Ediciones Martínez Roca, sello editorial de Editorial Planeta, S. A.
Diagonal, 08034 ,664-662, Barcelona (España)
www.mrediciones.es
www.planetadelibros.com

Primera edición: abril de 2024
Depósito legal: B. 5.538-2024
ISBN: 978-84-270-5238-3
Prempresion: Safekat, S. L.
Impresión y encuadernación: Huertas, S. A.
Printed in Spain - Impreso en España

PEFC Certificado
Este libro procede de bosques gestionados de forma sostenible
PEFC
PEFC/14-38-00305
www.pefc.es

ÍNDICE

Capítulo 1

EL ÚLTIMO DÍA DE CLASE

Gigi corría calle abajo rumbo a la parada del autobús. Hacía un calor terrible y, como solo quedaban un par de días para que terminara su época de estudiante de instituto, últimamente le costaba un poco dormir por las noches.

Esa mañana se le habían pegado las sábanas. Menos mal que había aprobado el examen teórico de conducir y estas carreras tenían fecha de caducidad. En cuanto se sacara también el práctico, les pediría el coche a sus padres y dejaría de pillar el bus.

Uf. Un par de metros más y... Gigi llegó a la parada justo a tiempo. El autobús escolar estaba a punto de marcharse cuando ella hizo un gesto con los brazos. Por suerte, el conductor la vio. Frenó, y Gigi, despeinada, con el flequillo pegado a la frente e hiperventilando, subió y le mostró al hombre una sonrisa agradecida.

Al fondo del autobús la esperaban Ari y Rai, sus mejores amigos.

—Menuda entrada triunfal —le dijo Ari con una risita. Le había guardado un sitio justo a su lado, así que Gigi se dejó caer en el asiento.

—Pensé que no llegaba. ¿A quién se le ocurre hacernos ir todavía al instituto cuando ya hemos terminado la EvAU y solo quedan unos días para las vacaciones de verano? —se quejó—. ¡Es ridículo!

—Admítelo —le dijo Rai. Su amigo, que estaba sentado en el asiento de delante, se giró para encararlas—. Te has quedado dormida de tanto darle al Instagram.

—¡No! —se indignó Gigi—. Ha sido porque... Bueno, qué más da.

Ari alzó una ceja.

—¿Te pasa algo?

—No —contestó ella esquiva, y apartó la mirada. No quería agobiar a sus amigos con sus problemas a las ocho de la mañana.

En realidad, había un motivo por el cual Gigi no dormía bien, y no tenía nada que ver con el calor. No podía dejar de darle vueltas al FUTURO. Así, con mayúsculas. Estaban a principios de junio. Dentro de poco, tendría que tomar la decisión de ir o no a la universidad. Sus padres no paraban de insistir; querían que su hija se matriculara en una de esas carreras prácticas de cara a un buen puesto de trabajo como ADE, pero Gigi no lo tenía nada claro.

Cada vez que insinuaba la posibilidad de tomarse un año sabático para pensar bien qué es lo que quería hacer, sus padres fruncían un poco los labios. Gigi no podía quitarse de encima la sensación de que era una constante decepción para ellos.

Ari le había propuesto que se fuera con ella a Londres a estudiar maquillaje, pero es que Gigi tampoco se veía marchándose de Barcelona para ir a la capital de Inglaterra. Ni ahí ni a ningún otro sitio, en realidad.

A medida que se acercaba la fecha para solicitar matrículas, se ponía más y más nerviosa. No sabía si prefería aprobar para tener la opción de ir a la universidad o suspender para que sus padres no la obligaran a estudiar algo que ella no quería.

—¿Te lo has pensado ya? —preguntó Ari, y Gigi pegó un brinco. Durante unos segundos, temió que su mejor amiga pudiera ver más allá de su silencio y supiera la verdad de lo que le preocupaba, pero la chica negó con la cabeza y suspiró—. No me digas que se te ha olvidado. ¡El campamento de verano! Gigi, acordamos que te pensarías si te unías a Rai y a mí. ¡Las inscripciones cierran esta noche!

Cada año, su instituto organizaba un campamento de verano y ofrecía a los estudiantes de último curso la posibilidad de solicitar un puesto como monitores para ahorrar algo de dinero de cara a la universidad. Ari y Rai se habían apuntado casi desde el primer día, pero Gigi aún tenía dudas.

Por un lado, claro que le gustaría pasar el verano con sus amigos, aunque tuviera que trabajar y estar pendiente de un puñado de niños. Pero, por otro..., ¿merecía la pena ir si ni siquiera tenía claro si quería matricularse en la universidad?

—Este año va a ser en la montaña, y habrá actividades acuáticas, discoteca, pintura, baile... ¿He dicho ya que habrá una discoteca? Venga, Gigi —insistió Rai. Juntó ambas manos y le lanzó su mirada de cachorrito tierno—. Vente, vente, porfa. Sin ti, no sería lo mismo. ¡Nos lo pasaremos bomba!

—Tú siempre pensando en lo mismo —bufó Gigi con una sonrisa. Así era Rai. Su mejor amigo era la persona más juerguista del mundo. Donde hubiera una fiesta, allí estaba él. La mayoría de los líos en los que se había metido Gigi habían sido por culpa de las ideas alocadas de Rai—. Me lo pensaré, ¿vale? Os prometo que esta vez va en serio.

Rai hizo un puchero decepcionado, y Ari lanzó su último cartucho.

—Vale, no tenía pensado decírtelo, pero ¿sabes quién vendrá también al campamento y no para de preguntarme si tú también irás?

—¿Quién?

—¡Álex! —gritó, y Gigi lanzó un bufido.

—Otra vez no, Ari, ya sabes que no quiero tener nada que ver con él. No sé qué te ha dado con intentar emparejarme. Estoy muy bien solita.

—Ya lo sé, pero es mono, tía, y un dulce no amarga a nadie. Además, lleva años coladito por ti y es un partidazo. ¿No quieres tener un último romance de instituto? Uno de esos amores de verano de película romántica.

—No.

—Qué sosa eres —se burló Rai—. Con lo guapo que se ha puesto este año. Ha dado un estirón y ahora va al gimnasio...

—No seáis pesados.

De solo pensar en ella y Álex le entraba un escalofrío. Sus amigos tenían razón: el chico era guapo y atento. Llevaba años pillado por Gigi, pero ella no sentía nada por él. De hecho, ya lo había rechazado un par de veces. ¿Qué le hacía pensar a Ari que mencionarlo terminaría de convencerla para ir al campamento? En todo caso, inclinaba la balanza al lado contrario.

—Bueno, me rindo —dijo su mejor amiga—. Si no quieres apuntarte, me parece bien.

—Pues a mí no —sentenció Rai—. Tenemos que ir todos juntos.

—Tú cállate. —Gigi lo señaló con el dedo acusador—. Ni siquiera sabes si podrás venir. ¿O acaso no recuerdas que la fastidiaste en la EvAU y seguro que cateas un par de asignaturas? Tus padres te castigarán, fijo.

Rai empalideció y se tapó las orejas con las manos en un gesto exagerado que hizo que Gigi se echara a reír.

—¿Y tú te haces llamar mi amiga? Porque una amiga de verdad no les recuerda a sus amigos sus suspensos. Además, hasta que no nos lleguen las notas haré como que el problema no existe.

—Pues no queda mucho —añadió Gigi—. Los correos empiezan a llegar esta semana.

—Oh, cállate. —Rai les sacó la lengua y se dio de nuevo la vuelta, no sin antes decir—: Tener amigas para esto...

Ari contuvo una carcajada y Gigi tosió para retener una sonrisa.

Rai era muy exagerado, pero tenía que admitir que echaría de menos verlo cada mañana. Gigi echó un vistazo a su alrededor y sintió un pellizco de nostalgia en la boca del estómago. Ese sería de sus últimos viajes en el autobús escolar. A partir de la semana que viene, sus compañeros y ella tomarían caminos separados. Rai iría a la universidad y Ari se marcharía a Londres. Pensar en la posibilidad de no volver a verlos le entristecía.

—Mira, ahí sube Alba —susurró Ari en el oído de Gigi, y ella se tensó. Como esperaba, Alba se fue a sentar junto al resto de sus amigas, pero no miró a Gigi—. Vaya, ¿ni siquiera el último día vais a hacer las paces?

—Ya —dijo Gigi—. Eso mismo me gustaría saber a mí.

Gigi había asistido al mismo colegio desde que era pequeña. Todos en clase se conocían y no había demasiados secretos entre ellos. No siempre se llevaban bien. A veces discutían los unos con los otros, pero no tardaban en hacer las paces y, al final, lo que quedaba era buen rollo.

Su clase estaba dividida por grupos, y el más importante era, sin lugar a dudas, el grupo de las divas, liderado por Alba. Tiempo atrás, Gigi se había llevado muy bien con ella. A Alba también le gustaba el maquillaje y el baile y, aunque Gigi solía tirar más por lo artístico como la pintura, solían hablar muy a menudo de las técnicas de los maquilladores de las estrellas o las últimas tendencias.

Sin embargo, todo cambió cuando Gigi empezó a salir con Nic. Alba estaba coladísima por él, pero nunca se lo dijo a nadie y Nic se lo confesó a Gigi. De haber sabido que Alba sentía algo por él, quizás no le hubiese dicho que sí. Pero no lo supo, así que Nic y Gigi empezaron a salir en junio del año pasado, justo antes de las vacaciones de verano.

Ese era uno de los motivos por los cuales Gigi ya no quería saber nada sobre citas y chicos.

Nic se había comportado como un caballero al principio. Después, poco a poco había ido mudando la piel hasta mostrar su verdadero rostro: ¡el de un auténtico cap****! Gigi, cansada de sus comportamientos inadecuados, lo dejó a principios de septiembre. Fue entonces cuando descubrió la verdad sobre los sentimientos de Alba.

Ahora no se hablaban.

Si ya era complicado empezar el último año de instituto, hacerlo después de pasar por dos rupturas —una con tu novio y otra con una amiga— era como pasarse el último nivel de un videojuego. Por suerte o por desgracia, lo sucedido había unido a Gigi aún más a Ari y Rai. Sus amigos siempre se habían puesto de su parte y la habían apoyado con todo el tema de Nic. Puede que fuese ella quien cortara la relación, pero eso no quería decir que hubiese sido fácil. Su relación con Nic le había hecho perder meses, confianza y amigos, y aún arrastraba las consecuencias.

—Pues ¿sabes una cosa? —continuó Ari—. Que ella se lo pierde. No la necesitas.

Gigi miró a su amiga con emoción.

—Ari tiene razón —aportó Rai—. No necesitas formar parte de ese grupo. ¡Nos tienes a nosotros!

En eso tenía que darle la razón.

Ari era la mejor amiga que Gigi podía desear. Leal como nadie, siempre estaba dispuesta a echar una mano cuando cualquiera lo necesitara. Gigi y ella habían empezado a hablar hacía unos años porque Ari soñaba con ser maquilladora profesional, pero no se habían vuelto tan cercanas hasta un par de cursos atrás. La amistad entre Gigi y Rai, en cambio, había surgido un poco por casualidad. Un año, su tutora de aquel entonces les hizo sentarse juntos. Congeniaron casi desde el minuto uno y desde ese momento eran uña y carne. Con Rai era todo muy sencillo. Puede que su mejor amigo siempre tuviera un chiste entre los labios, pero jamás juzgaba a nadie. Gigi estaba segura de que también haría lo que fuera para sacarla de un apuro.

Un avión de papel voló hasta chocar con la cabeza de Gigi.

—¡Perdón! —sonó una voz masculina—. ¡No quería darte!

Gigi alzó la vista y... ahí estaba él. Óscar, con cara avergonzada.

Óscar era todo lo contrario al grupo de las divas. Un friki, como solían llamarle. Solitario y algo tímido, Gigi y él no tenían nada que ver.

—Vaya, Óscar —dijo algo sorprendida de verle allí. Recogió el avión de papel y lo alzó—. Deberías tener más cuidado.

—Eso, eso —se sumó Ari—. Imagina que le das al conductor o algo. ¡Qué miedo!

—¡Ari! —exclamó Rai, aunque su amigo parecía divertido por la situación.

A Gigi, por el contrario, no le hacía mucha gracia. Sospechaba de Óscar. Algo le decía que quizás el chico le había lanzado el avión a propósito. Igual era sensación suya, pero le parecía que Óscar llevaba semanas intentando llamar su atención. La miraba mucho en clase y se sentaba junto a ella, Ari y Rai en el recreo.

—En serio, lo siento mucho —siguió Óscar. Miraba solo a Gigi cuando añadió—: ¿Puedo hacer algo para que me perdones?

Gigi alzó una ceja.

—¿Perdonarte?

Rai silbó.

—Óscar, cualquiera pensaría que estás tratando de ligar con nuestra Gigi.

Las mejillas de Óscar se tiñeron de rojo y no dijo nada.

Gigi se mordió el labio inferior, incómoda. No tenía nada en contra de Óscar, pero no lo veía de esa forma.

Tendió el avión en su dirección.

—Llévatelo, anda.

Óscar dudó, pero al final aceptó el avioncito y volvió sobre sus pasos, con la cabeza gacha y sin mirar atrás. Tomó de nuevo asiento junto al resto de sus amigos y les susurró algo, pero Gigi no pudo escuchar el qué. Uno de sus amigos, Bill, le dio un par de palmaditas en el hombro. Gigi arrugó la nariz. Si bien Óscar no le caía mal, lo que sentía por Bill era muy diferente. El chico era bruto, tosco y solía tratar fatal a las chicas. Ari y él habían tenido más de un encontronazo. La mejor amiga de Gigi nunca se callaba, así que solía ponerle los puntos sobre las íes.

Qué curioso era Óscar. A pesar de su timidez, nunca titubeaba cuando se acercaba a hablar con ella. Aunque, en honor a la verdad, no es que sus conversaciones fueran muy largas. Se resumían en «hola», «adiós» o «ahora toca mates, ¿verdad?». Tenía una voz dulce, y, a regañadientes, Gigi tenía que admitir que era... mono. Su pelo era de color rubio y tenía los ojos más bonitos que había visto nunca, una mezcla entre azul y verde. Además, de todos los chicos de clase, era el mejor partido. Siempre sacaba buenas notas y era tan maduro que los profesores solían confiar en él para que pusiera orden en la clase.

Quizás, si ella no hubiera cerrado por completo la posibilidad de las citas y Óscar no perteneciera a otro grupo... No, ni con esas. Al fin y al cabo, no tenían nada en común. Era imposible que entre ellos dos pasara algo.

¿En qué estaba pensando?

—¿Creéis que lo ha hecho a propósito? —susurró Ari, poniendo en palabras las dudas de Gigi—. Eso de lanzar el avión.

—Por supuesto que sí —contestó Rai—. Se nota a leguas de distancia que Óscar está coladito por Gigi.

—¿Tú crees? —Gigi se mordió el labio inferior—. ¿Qué te hace pensar que venía a hablar conmigo? Igual quería ligar con Ari y tiene mala puntería.

—No seas tonta. Siempre te mira a ti.

¿Rai también se había dado cuenta? A ver si no iban a ser imaginaciones suyas, después de todo...

—Sea lo que sea, no me interesa —dijo Gigi decidida. Ni muerta pensaba admitir que Óscar le parecía guapo—. Y tú deja de cotillear. Por eso suspendes los exámenes.

Rai le sacó la lengua como única respuesta.

El instituto de Gigi no estaba muy lejos de su casa, así que el autobús frenó en la última parada y los alumnos bajaron. Gigi y sus amigos esperaron a que se vaciara un poco antes de levantarse y coger las mochilas. Cuando Gigi puso un pie fuera del vehículo, tomó aire y observó la fachada del edificio.

Último día. Se cerraba una etapa y no se lo podía creer. Todavía recordaba la primera vez que llegó aquí, siendo una niña un poco asustadiza y tímida. Ahora no quedaba mucho de esa Gigi. Con el paso de los años, había ido ganando seguridad en sí misma, incluso a pesar de lo de Nic, y esa niña silenciosa se había convertido en una joven algo alocada y escandalosa.

Gigi apretó con fuerza el asa de la mochila.

Fue en ese momento cuando sonó su móvil, avisándola de que acababa de recibir una nueva notificación.

El corazón de Gigi se saltó un latido y la piel de los brazos se le erizó. Rebuscó el móvil en el bolsillo trasero de sus pantalones y observó la pantalla. Tenía un nuevo correo electrónico.

Eran las notas de la EvAU.

Capítulo 2

UN MENSAJE INESPERADO

Gigi había aprobado la EvAU. Y no solo eso: tenía nota más que suficiente para entrar en ADE si quería. Debería estar contenta, ¿verdad? Sacar buenas notas le abría las puertas a un mundo lleno de posibilidades.

Entonces, ¿por qué se sentía tan agobiada como antes de saber el resultado de la EvAU?

El día pasó tan rápido que en un abrir y cerrar de ojos ya había sonado el timbre que indicaba el final de las clases. Sin contar el incidente con el avión de papel, Óscar no había vuelto a intentar acercarse a ella. Sí que la había mirado, como de costumbre, pero nada de pedirle perdón ni de iniciar una nueva conversación.

Gigi no le había dado mucha importancia, pero ahora, de vuelta en su habitación, no podía dejar de pensar en el asunto. Ya estaban oficialmente en verano, así que era probable que ya no viera a Óscar nunca más. Si el chico estaba interesado en ella, ¿no debería haber intentado algo más aparte de lo de esta mañana?

—Bueno —dijo mirando a su perrita Leia—, ¿y a mí qué? Ni que me gustara Óscar.

No es como si Gigi esperara una declaración de esas de película. En la vida real, los gestos románticos no existían. Y tampoco quería que fuese Óscar precisamente quien le demostrara lo contrario. Si no volvían a coincidir, no pasaba nada.

Gigi se pasó el resto de la tarde tirada encima de la cama echando el tiempo en redes sociales con Leia sentada sobre su regazo. De entre todas, sus favoritas eran Instagram y TikTok. Cuando tenía tiempo libre, solía meterse en los perfiles de algunas chicas que se dedicaban al mundo del maquillaje y observaba su contenido con una mezcla entre admiración y algo de envidia. No era envidia de la mala, sino envidia del estilo «yo también quiero hacer lo que hacen ellas».

Gigi sabía que era buena con el maquillaje. Desde bien pequeña, se había interesado por él y veía muchos vídeos y tutoriales. Cuando salían de fiesta, solía hacerle el maquillaje a Ari y no eran pocas las personas que le habían dicho que debería dedicarse a ello de manera profesional. Sin embargo..., sus padres no lo consideraban como algo serio y, como ellos serían los encargados de pagar su educación, la posibilidad quedaba descartada.

A veces se preguntaba si algún día tendría el valor de compartir sus creaciones en redes como le recomendaban Ari y Rai. Sus amigos insistían en que ella tenía mucho talento y tantas posibilidades de petarlo en redes como las chicas a las que seguía, pero Gigi no se animaba a dar el paso.

Cuando llegaron sus padres del trabajo, Gigi se levantó para ayudar a hacer la cena y poner la mesa. Como sus padres trabajaban mucho, en su casa era costumbre aprovechar las últimas horas del día para ponerse al tanto y pasar algo de tiempo juntos.

—¿Y bien? —preguntó su madre expectante—. ¿Han llegado ya las notas de la EvAU?

Gigi tragó agua con brusquedad. Llevaba todo el día temiendo esta pregunta, pero no podía alargarla más.

—Sí —dijo, e hizo una pausa—. He aprobado. Tengo un nueve sobre catorce.

—¡Lo sabía! —Esta vez era su padre. Posó la mano encima del brazo de Gigi de manera cariñosa—. Qué orgullosos estamos de ti, cielo. ¿Sabes ya a qué universidad irás? Porque tenemos varias opciones y...

—Aún es pronto —interrumpió ella—. No tengo que decidirlo todo ya.

Su madre asintió, aunque no parecía muy convencida.

—Tienes razón. Escoger universidad es algo importante. Tenemos que barajar diferentes alternativas para asegurarnos de que vas a la mejor. Estudiarás ADE, ¿verdad? Ese es el plan.

—Bueno...

—Un compañero de trabajo tiene una hija que hizo ADE en una de las mejores facultades de España —continuó su padre—. Puedo preguntarle qué requisitos piden para entrar. Aunque estoy convencido de que, con tus notas, no tendrás ningún problema.

—Sí, claro.

Su padre siguió hablando sobre ese conocido, pero Gigi desconectó y bajó la vista hacia su plato. Se le había quitado el apetito.

> Se imaginaba cuál sería la reacción de sus padres cuando supieran el resultado de la EvAU, pero dolía igual. ¿Ni siquiera se planteaban la opción de que Gigi no quisiera estudiar una carrera? Estaban tan emocionados que mencionar la posibilidad de tomarse un año sabático le parecía imposible.

Quizás fue por eso por lo que se animó a decir:

—¿Y si... hiciera algo distinto?

La reacción fue la esperada. Su madre dejó caer el tenedor sobre el plato y su padre la miró como si no la reconociera.

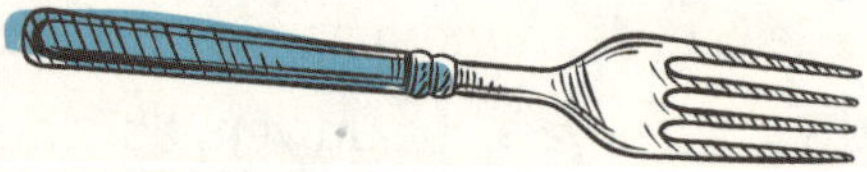

—¿Distinto a ADE? ¿Te refieres a Derecho?

—No, más bien... —Gigi tomó aire—. Algo más... artístico. Maquillaje, Bellas Artes, algo con lo que poder viajar. O puede que algo relacionado con las redes sociales, como marketing digital o un curso para ser *community manager* o...

La madre de Gigi sonrió, aunque se trataba de una sonrisa algo tirante.

—No digas tonterías. ¿Cómo vas a dedicarte a viajar? Eso no tiene futuro. Tampoco el maquillaje. Y mucho menos las redes sociales. ¿Qué quieres? ¿Ser una *influencer*? Es imposible, Gigi, cariño.

—No me refiero a ser *influencer*, solo digo que, quizás, estudiar algo relacionado con redes puede estar bien.

—Tu madre tiene razón. Una cosa son las aficiones, y otra es lo profesional. Nos encanta que seas tan creativa y amamos tus dibujos y tus creaciones, pero no estamos muy seguros de que dedicarte a ello sea... apropiado.

Gigi se mordió el labio inferior.

—Pero...

—Haznos caso, cariño —continuó su padre—. Somos adultos y sabemos qué es lo que te conviene. Solo queremos que seas feliz y tengas una vida cómoda.

Quiso gritar que jamás sería feliz en un despacho, pero su madre se adelantó.

—Si tantas ganas tienes, ¿por qué no estudias arte después de ADE? Una vez que ya tengas una carrera útil y un trabajo estable puedes dedicar tu tiempo libre a estudiar por afición. ¿Qué te parece?

Gigi no contestó. Al menos, no con palabras. Se limitó a soltar un sonido que no era ni una negación ni una afirmación y apretó con fuerza el tenedor.

Terminada la cena, Gigi se metió de nuevo en la habitación y se tiró sobre la cama. Escondió la cabeza debajo de la almohada y pegó un ligero grito amortiguado. Tenía ganas de llorar, pero no pensaba hacerlo. Se sentía triste, enfadada y frustrada. Si tan solo pudiera hacerles entender que quería buscar su propio camino...

Su móvil pitó y la pantalla se iluminó, indicándole que acababa de recibir un nuevo mensaje. Gigi rebuscó el aparato a tientas entre las sábanas. Estaba tan segura de que se trataba de Rai o

Ari que, cuando se dio cuenta de que se trataba de un MD de una cuenta que no conocía, se incorporó en la cama hasta quedar sentada.

@oscarito.3

Hola!
Te escribo porque no sé si estás bien. Quiero decir, me imagino que sí, pero... Te pido perdón otra vez por lo del avión de papel.

Gigi alzó una ceja con curiosidad. Óscar. ¿Cómo había encontrado su Instagram? ¿Se lo habrían pasado sus amigos?

@oscarito.3

Soy Óscar, por cierto. De tu clase.

A Gigi se le escapó una sonrisa. Dudó unos segundos, con los dedos encima de la pantalla del móvil. ¿Debería responder? No se esperaba que Óscar, con lo tímido que era, buscara su Instagram a propósito para pedirle perdón. Le había pillado por sorpresa y ahora no sabía qué contestar, pero le parecía de mala educación ignorarle. Además, él ya sabía que Gigi le había leído.

@gigiis

Sé quién eres.
Y está bien. No estoy enfadada por lo del avión.

Óscar no tardó ni un instante en responder:

@oscarito.3

Menos mal!
Pero en serio, me siento fatal. Qué te parece si te invito a algo para disculparme como se debe?

Gigi parpadeó, atónita. ¿Una cita? Qué lanzado. Por un momento, se pensó la respuesta. ¿Y si le decía que sí? ¿Cómo serían ellos como pareja? Estaba convencida de que Óscar era mejor que Nic. Sin embargo... ¡Es que eran muy diferentes! ¿De qué hablarían? Seguro que a Óscar no le gustaba bailar, y en clase era tan serio que dudaba de que disfrutara de actividades más artísticas como lo hacía Gigi. Sería una cita desastrosa, y ella ya tenía muchos problemas en la cabeza como para añadirle una relación.

@gigiis

Como ya he dicho, está bien.
No tienes que invitarme a nada.

Esta vez, Óscar tardó un poco más en contestar.

@oscarito.3

Vale. Guay.
Pero si cambias de opinión aquí estoy 😌

Como no sabía qué más decir, Gigi bloqueó la pantalla. No le sorprendió descubrir que tenía una nueva notificación:

«@oscarito.3 ha empezado a seguirte». Bufó y su flequillo se movió por encima de la frente. De nuevo, volvía a tener el pulgar sobre la pantalla, indecisa sobre si debía seguirle de vuelta o no. Si le hubiesen dicho al principio del día que su compañero Óscar el *nerd* le pediría una cita se habría echado a reír. Óscar, que jamás había hablado con ninguna chica y que con ella tampoco había mantenido conversaciones muy largas. ¿Se habría lanzado porque ya no volverían a coincidir en clase nunca más?

Tenía que decírselo a sus amigos. Abrió el grupo que tenían los tres en WhastApp y escribió:

Gigi

Creo que Óscar me ha pedido una cita.

Rai fue el primero en contestar.

Rai

LO SABÍA. SABÍA QUE ESTABA COLADITO POR TI. LO SABÍA.

Ari

Qué fuerte, Gigi, tía. ¿Y qué le has dicho?

Gigi

Pues que no. Qué le voy a decir? Óscar no me gusta.

Ari

¿Por qué no? ¡Pero si es muy mono! Además, es listo.

Gigi

De verdad lo crees?

Ari

¡Claro que sí! No me digas que no lo has pensado. ¿Has visto sus ojos? ¡Son preciosos!

Gigi se mordió el labio inferior. Pues claro que lo había pensado. Habría que estar ciega para no darse cuenta de lo guapo que era Óscar. Lo que no entendía era por qué el resto de sus compañeras no se daban cuenta. De no ser por su timidez, Gigi estaba segura de que Óscar tendría todo un séquito de fans.

Gigi

Pues si tanto te gusta por qué no te lanzas tú?

Rai

Porque el chico te quiere a ti, tontaaaa.
Deberías darle una oportunidad.

Gigi

No sé ni por qué os lo cuento.

Rai

Porque sabes que tenemos razón.
Cambiando de tema te has pensado lo del campamento??? Las inscripciones cierran YA!

¡Ostras! Gigi salió de la conversación y buscó en el móvil la información sobre el campamento. La leyó una y otra vez, aunque se la conocía de memoria.

El campamento tendría lugar en la montaña durante el mes de agosto. Cada monitor tendría asignado un grupo de niños a los que deberá cuidar y vigilar. Como bien le había dicho Rai, habrá actividades como piragüismo, senderismo o rutas por los bosques. A Gigi nada de eso le apasionaba, pero tenía que admitir que la posibilidad de pasar un mes lejos de casa le resultaba un gran alivio. Necesitaba alejarse un poco de sus padres y de la sensación de que era un fracaso por no tener su futuro decidido.

Además, le parecía buena idea eso de ahorrar un poco de dinero. Si lo hacía por sí misma, podría hacer lo que quisiera más adelante sin necesidad de contar con la financiación de sus padres.

Gigi

Sabéis qué? Me apunto al campamento.

Ari

¿En serio? ¡Genial!

Rai

Y ese cambio tan repentino de opinión?

Gigi

Qué cotilla, jajaja.
Es porque creo que me vendrá bien un cambio de aires.
Voy a rellenar el formulario antes de que se me olvide.

Gigi se acercó al escritorio y encendió el ordenador. Escribió todos sus datos, insertó la documentación necesaria y envió el correo. A pesar de que al principio la idea del campamento no la convencía, ahora tenía que admitir que se sentía emocionada. El corazón le latía con mucha rapidez y se alegraba de que sus amigos la hubieran convencido. Volvió a la cama, rescató el móvil y escribió:

Gigi

Ya es oficial: estoy inscrita!

Ari

¡Bien!

Rai

Nos lo pasaremos bomba!

Gigi no pudo evitar sonreír. Esta vez, puede que Rai tuviera razón. Ella también tenía un buen presentimiento.

Después de eso, sus amigos y ella no hablaron mucho más. Gigi se preparó para irse a la cama y conectó Spotify para relajarse un poco antes de dormirse. Justo entonces se acordó de que no le había devuelto el *follow* a Óscar. Volvió a buscar el móvil y dudó unos segundos más antes de decidir que lo mejor era que las cosas se mantuvieran como estaban. Ya no volvería a ver a Óscar nunca más, así que era mejor no complicarse la vida.

Ahora tenía toda la atención puesta en el campamento. ¡Qué ganas!

Capítulo 3

PRIMEROS días en el CAMPAMENTO

Gigi se levantó de la cama con un pequeño salto. ¡Era hoy! Por fin había llegado el día: ¡empezaba el campamento!

Se paseó por toda la habitación y se aseguró de que no se olvidaba nada antes de cerrar la maleta e ir corriendo al punto de encuentro. Los autobuses recogían a los alumnos en la puerta del instituto. Ari y Rai ya estaban esperándola. Pero no eran los únicos que se encontraban ahí. Mientras guardaban el equipaje en el maletero del autocar que los llevaría hasta la montaña, Gigi reconoció a alguien.

—¿Qué está haciendo Óscar aquí?

—Al parecer, será uno de los monitores del campamento —anunció Rai con una sonrisilla—. Inesperado, ¿verdad? Es tan tímido que pensé que preferiría huir de este tipo de planes con tanta gente.

Gigi torció el gesto. Entonces, Óscar alzó el rostro y la vio. Le mostró una bonita sonrisa y la saludó con la mano y ella solo acertó a devolverle el gesto de manera torpe. No habían hablado desde que él le mandó esos mensajes por Instagram.

—Me apuesto lo que quieras a que vuelve a intentar pedirte una cita durante el campamento —continuó Rai.

—No creo. —Gigi negó con la cabeza—. No le seguí de vuelta en Instagram, así que seguro que ha pillado la indirecta...

—¿Tú crees? —pregunta Ari—. Porque viene hacia aquí.

Gigi solo tuvo unos segundos para prepararse antes de que Óscar se detuviera frente a ellos.

—¡Hola! Qué sorpresa verte —dijo—. No pensé que te gustaran este tipo de planes.

—Ya... Ha sido un poco improvisado, la verdad.

—Guay. —Óscar hizo una pausa. Abrió la boca para añadir algo, pero no tuvo tiempo. Sus amigos le llamaron y él dejó caer los hombros—. Me parece que me reclaman. Bueno, ya nos veremos por ahí.

—Sí, claro.

Óscar le sonrió una última vez y dio media vuelta. Gigi observó su espalda al alejarse hasta que Rai soltó una pequeña risita.

—Está coladísimo. Lo primero que ha hecho cuando te ha visto es venir a saludarte. Con Ari y conmigo no ha tenido tanta consideración.

—Oh, cállate —sentenció Gigi, y dio por finalizada la conversación. Arrastró la maleta hasta el autocar y la colocó entre el resto del equipaje.

Tuvo que hacer un gran esfuerzo para no echar un vistazo por encima del hombro y buscar a Óscar entre la multitud.

Cuando llegaron a la casa rural en la que tendría lugar el campamento, lo primero que hicieron los encargados fue organizar a los monitores en las habitaciones y asignarles un grupo de niños a cada uno.

Gigi compartía habitación con Ari, lo que le hizo mucha ilusión. Pero la alegría duró poco.

—Para asegurarnos de que todos estemos seguros —empezó uno de los encargados, un señor algo mayor con la nariz ganchuda—, cada monitor tendrá un compañero que le guardará la espalda y viceversa. Es decir, las actividades las realizarán dos grupos de niños con sus dos correspondientes monitores. Dos grupos estarán en la tirolina, otros dos grupos haciendo manualidades, dos grupos en el río haciendo piragüismo y luego rotarán, de tal manera que, cuando termine el mes, todos habremos hecho lo mismo. ¿Alguna duda?

Ninguno de los compañeros de Gigi alzó la mano. Ella solo esperaba que le tocaran Ari o Rai. Había tenido suerte con el reparto de habitaciones, así que igual la fortuna volvía a sonreírle.

Sin embargo...

—¿Gisela? —preguntó el encargado. Alzó la vista y se fijó en Gigi—. Te pondrás con Óscar.

Oh, no.

Gigi se giró y buscó a Óscar con la mirada. El chico parecía tan sorprendido como ella.

—Vaya —susurró Rai—. Menudo giro inesperado de los acontecimientos.

Gigi no supo qué decir. ¿Óscar y ella? Hubiera preferido que le tocara con cualquier otra persona. Estaba tan nerviosa que hasta le empezaba a doler la tripa. ¿Qué harían? Jo, solo esperaba que los niños les dieran tanto trabajo que Óscar no tuviera oportunidad de ligar otra vez con ella.

—No te preocupes, Gigi —le dijo Ari cuando el encargado terminó de organizar los grupos—. Seguro que, al final, trabajar con Óscar no es tan malo. Es un buen tío. Además, no tendrás que estar siempre con él, solo cuando hagamos las actividades. El resto del día lo pasaremos juntos.

Ella no estaba tan segura, pero no iba a dejar que algo así le estropeara el verano. Había venido aquí a divertirse y eso pensaba hacer.

Esa noche todos los monitores cenaron juntos en el gran comedor. Por la mañana llegarían los autocares de los niños, así que era el último momento de paz antes del maremoto de trabajo que se les venía encima.

Gigi se lo pasó genial. No solamente habló con Ari y Rai, sino que también lo hizo con otros estudiantes del instituto que iban a otras clases y con los que no había coincidido antes. Eso era lo bueno de este tipo de situaciones: al final, te mezclabas con mucha gente y descubrías nuevas amistades.

Ojalá le pasara lo mismo con Óscar, aunque Gigi seguía dudando de que tuviera algo en común con ese chico.

Al día siguiente, Gigi y los demás monitores madrugaron para darles la bienvenida a los niños y niñas. Durante gran parte de la mañana, Gigi estuvo sola con su grupo mientras se hacían las presentaciones. Después de la hora de la comida tocaba la primera actividad que compartiría con Óscar: manualidades.

A las cuatro de la tarde, Gigi, Óscar y los dos grupos de niños se reunieron en una de las salas de la casa. Mientras los niños recortaban un par de cartulinas, Gigi los vigilaba sentada junto a Óscar. Estuvieron unos largos minutos en silencio, hasta que fue el chico quien, finalmente, lo rompió.

—Y... ¿qué tal todo? Me refiero a... qué tal el verano, las notas de la EvAU y eso.

—Bien —contestó ella cortante. Sus padres todavía insistían cada día en que se matriculara en ADE. Cada vez era más difícil ignorarlos. La verdad, este no era su tema favorito de conversación—. Aprobé.

—Ya me imaginaba... ¿Qué? ¿Por qué me miras así?

—Porque... —Gigi dudó—. A veces tengo la sensación de que la gente se piensa que soy... tonta.

—¿Tú? ¿Tonta? ¡Pero si eres una de las chicas más listas que conozco!

—¿Conoces a muchas?

—Bueno, no, pero...

—Pues eso —dijo Gigi con tono lúgubre. Había sacado buenas notas, sí, pero solo porque había estudiado mucho. No quería decepcionar a sus padres, así que antes de los exámenes se había pasado largos periodos encerrada en la biblioteca. Pero ¿de ahí a decir que era lista? Gigi estaba segura de que Óscar le estaba tomando el pelo.

Sin embargo, el chico volvió a repetir:

—Lo creo de verdad.

Lo había dicho con un tono de voz tan serio que, durante unos segundos, Gigi estuvo a punto de creerlo. Quizás por eso le resultó tan fácil confesar:

—Eres el único. Quiero decir, sé que soy lista, pero... no soy buena en los estudios. No sé si tiene sentido. Mis padres quieren que haga ADE, pero yo no quiero. Si fuera lista de verdad, les haría caso, ¿no crees?

—No. Precisamente porque eres inteligente sabes que eso no es para ti. —Óscar sonrió y Gigi sintió que las mejillas le ardían un poco. Sí que tenía una sonrisa bonita—. ¿Qué es lo que te gustaría hacer realmente?

—La verdad es que no lo sé. Quiero hacer tantas cosas... Maquillaje, arte, viajar. Quiero ver el mundo, no estar encadenada. —Hizo una pausa—. ¿Sigues pensando que soy lista? Porque mis padres dicen que siempre tengo la cabeza en las nubes.

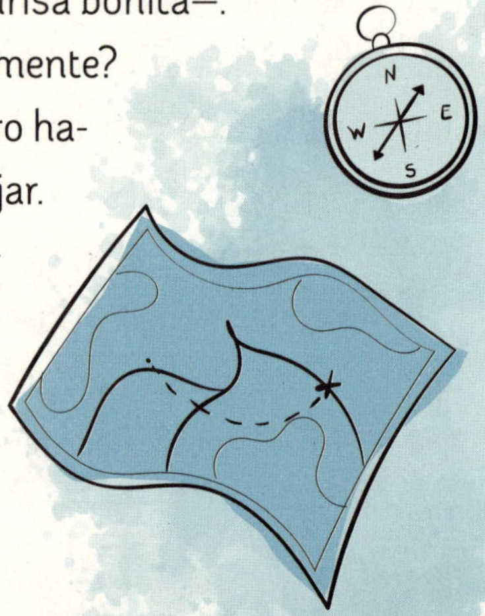

Óscar asintió.

—Ahora lo pienso incluso más.

Gigi se quedó en blanco. Óscar parecía tan sincero. Se mordió el labio inferior y trató de encontrar algo que decir, sin éxito. Por suerte, el grito de unos niños la salvó. Alguien la llamaba.

—Parece que me necesitan —dijo. Se levantó de la silla y a punto estuvo de ir hacia las mesas cuando se giró y volvió a mirar a Óscar—. Gracias.

Óscar sonrió. Otra vez. Madre mía.

—No tienes por qué darlas.

Gigi no añadió nada más.

El corazón le latía con mucha rapidez.

El miércoles por la mañana tocaba canoa. Era la actividad que más miedo le daba a Gigi de todas. Aunque era buena nadadora, no estaba segura de que ir río abajo con un puñado de críos fuera buena idea.

—Guau —dijo Óscar. Tenía los ojos abiertos y miraba a Gigi embelesado—. Estás... muy guapa.

Ella puso los ojos en blanco.

—¿Con el chaleco? —preguntó. A ella realmente le daba igual cómo luciera, pero se imaginaba que el chaleco naranja fosforito no le tenía que quedar bien a nadie—. Ya, claro.

—¡De verdad! Te prometo que...

Pero Gigi no supo qué era lo que Óscar quería prometerle. El instructor que se encargaría de enseñarles a montar en canoa dio un par de palmadas y todos —niños y monitores— se reunieron a su alrededor. La explicación era sencilla, pero los peores temores de Gigi se confirmaron cuando puso un pie en la canoa y esta se tambaleó. De no ser por Óscar, que la agarró a tiempo, habría caído al agua.

Ups.

—¿Estás bien?

—Claro —mintió ella. Tomó asiento y Óscar se montó tras ella. El corazón volvía a latirle acelerado—. ¿Listo?

—Listo.

Al principio, la ruta fue bien. Gigi y Óscar remaban a la par y fueron capaces de seguir al instructor. De vez en cuando, se giraban para ver si los niños se encontraban bien o si había algún problema, pero estos remaban mucho mejor que Gigi, así que eso la tranquilizó. E incluso empezó a disfrutar del paseo.

Hasta que uno de sus remos se chocó con una piedra y la canoa se movió de manera peligrosa.

—Vaya —dijo ella—. Ha estado cerca.

Al ver que Óscar guardaba silencio, se giró y lo miró. El chico tenía el semblante de un color verdoso.

—Sí —dijo él.

Gigi alzó una ceja.

—¿Te da miedo la canoa?

—¡No! —contestó, pero no la engañó. Era evidente que no lo estaba pasando bien.

—No te preocupes —trató de tranquilizarlo ella—. Esto es seguro. ¿Ves? —Para demostrarle que no había ningún problema y que la canoa era estable, se movió un poco. Óscar se aferró al remo como si fuera su posesión más preciada y Gigi no pudo retener una sonrisa—. ¿Vas bien?

—Sí. No. Es que... remar se me da mal. No pasa nada.

No hacía falta que lo jurara. Óscar hizo un movimiento y su remo se encajó entre dos piedras.

—Lo siento —dijo algo avergonzado.

—Es que es muy difícil. ¿Quieres...? —Gigi hizo amago de coger la mano de Óscar para ayudarle a sacar el remo de entre las piedras, pero él se puso aún más nervioso y lo soltó—. Oh, oh...

Gigi intentó estirarse para recuperarlo, con tan mala suerte que perdió el equilibrio y cayó al agua, arrastrando a Óscar tras ella. Por suerte, hacía un calor terrible, el agua estaba templada y en calma y llevaban los chalecos, así que no corrieron peligro alguno.

Durante unos segundos, ni Gigi ni Óscar dijeron nada. Se limitaron a mirarse el uno al otro hasta que, sorprendentemente, a ella le entró un ataque de risa que contagió a Óscar. Estaba empapada y seguro que había hecho el ridículo, pero, y no sabía por qué, no se sentía tonta delante de Óscar. Al contrario. Quizás era por la conversación de ayer o porque, a pesar de haber volcado la canoa, el chico no la miraba como si fuera un desastre.

Con él, se sentía en calma.

—Madre mía, qué mal —dijo Gigi, que aún reía—. Creo que este es el peor viaje en canoa de la historia.

—¿Estáis bien? —preguntó el instructor—. ¡Nadad hasta la orilla!

—Venga —le dijo Gigi a Óscar—. Te echo una carrera.

El chico le echó una mirada alucinada, pero sonrió. Y ambos empezaron a nadar sin poder dejar de reír.

—Entonces... no está siendo un mal compañero, ¿verdad? —preguntó ese día Ari a la hora de la cena.

Gigi dudó un poco antes de admitir:

—La verdad es que no. Es divertido.

Rai sonrió y la señaló con el tenedor.

—Te lo dije.

—¿El qué?

—Que Óscar era un buen tío.

Gigi bufó. Se terminó el plato y se levantó para recogerlo. Al otro lado del comedor, Óscar cenaba con sus amigos. Sin embargo, en cuanto la vio, sonrió con alegría y las mejillas de Gigi enrojecieron un poco antes de que ella se diera media vuelta.

Cada vez que pensaba en lo que había ocurrido esa tarde su corazón se aceleraba. Y, aunque al final no había sido para tanto y Óscar y ella habían conseguido llegar a la orilla sanos y salvos, ¿quién sabe qué habría podido pasar si la corriente los hubiera arrastrado río abajo?

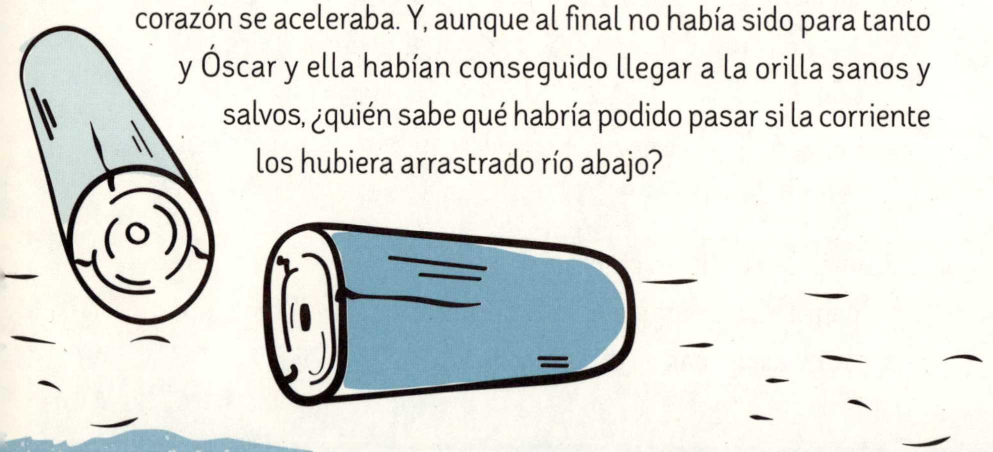

Ay, ¿por qué estaba tan nerviosa?

—¿Vienes? —preguntó Ari. Su amiga también había terminado de cenar y, al parecer, llevaba un rato hablándole—. Oye, ¿me estabas escuchando?

—¿Eh?

Ari suspiró.

—¡Los monitores! Nos vamos a juntar para escuchar un poco de música y tomar algo. ¿Vienes? Cuando el lento de Rai termine de cenar se unirá a nosotras.

—¡Te he oído! —dijo Rai, al que aún le quedaba comida en el plato.

Gigi soltó una carcajada y asintió. La verdad es que le apetecía mucho reunirse con los demás. Había muy buen rollo entre todos y estaba haciendo nuevos amigos.

Ari y Gigi salieron del comedor y fueron hacia la misma sala donde estuvieron pasando el rato la primera noche antes de la llegada de los niños. Al entrar vieron que ya había empezado la fiesta; la gente bailaba, se reía y hablaba casi a gritos.

Ari cogió un refresco y se unió al baile. Gigi sacó el móvil y la grabó mientras se movía. Su amiga bailaba genial y a ella le encantaba grabarla para luego subir los vídeos a redes sociales. Igual era algo que tenía que ver con el amor que sentía por las redes. Además le gustaba editar y se le daba bien.

Al final, no solo grabó a Ari. Cuando Rai terminó de cenar y se unió a ellas, Gigi le enfocó mientras hacía tonterías y saltaba de un lado para otro. Y luego, cuando le entraron ganas de bailar a ella también, apoyó el móvil contra la pared y se grabó con sus amigos.

Cuando se cansaron y pararon para tomar algo de aire, Gigi recogió el móvil y les enseñó los vídeos. Ari soltó un gritito emocionado.

—Gigi, tienes tantísimo talento. ¡Es que parecen las tomas de un profesional! Y eso que aún no están editados.

—Qué va. No es para tanto...

—Claro que sííí —insistió Rai—. Oye, ¿por qué no grabas todo el campamento? No a los niños, sino lo que hacemos. Tipo vlog, como los de las *influencers*. Así, cuando volvamos a casa, tendremos un bonito recuerdo.

¿La verdad?, le parecía una muy buena idea. Podía estar bien. Como todavía no se atrevía a subir contenido donde solo saliera ella, igual era guay empezar con este tipo de publicaciones más sencillas en el que mostrara un poco su día a día y luego animarse a subir el maquillaje o los cuadros que pintaba.

—¿Por qué no? —concedió finalmente.

Entonces, algo le llamó la atención en uno de los vídeos. Óscar salía en él, observándola bailar con Ari y Rai. El chico sonreía y parecía muy atento a sus movimientos, y Gigi no pudo evitar sonreír también al recordar la aventura que habían vivido esa tarde en el río.

Con todos los planes que tenía por delante, la idea de grabar lo que vivieran y las tardes que le esperaban junto a Óscar, el campamento se presentaba como la aventura más emocionante de su vida.

Capítulo 4

ALGO EMPIEZA A CAMBIAR

Poco a poco, Gigi iba relajándose delante de Óscar. De hecho, cada día hablaban más y le resultaba más sencillo ser abierta con él.

Llevaba toda la vida pensando que Óscar y ella no tenían nada en común y estos días le estaban demostrando lo equivocada que estaba. Sí, el chico era serio, tímido y un poquito friki, pero también le gustaban los videojuegos, el arte y viajar. Era la primera vez que un chico se tomaba tan en serio la afición de Gigi y tenía que admitir que le enterneció.

Hablar con Óscar era sencillo. Por las mañanas, Gigi se sorprendía a sí misma peinándose un poco más de lo normal. Un día, Ari se echó a reír al verla frente al espejo y canturreó:

—Me parece que alguien se está pillando...

Gigi le lanzó un cojín como respuesta.

Puede que ahora Óscar le cayera mejor, pero eso no quería decir nada. ¡Su corazón seguía muy cerrado!

—No digas tonterías —dijo—. Estoy empezando a considerarlo un amigo, pero de ahí a decir que estoy pillada...

—Lo que tú digas. —Ari puso los ojos en blanco y las dos salieron del cuarto que compartían.

Caminaron con los brazos entrelazados hasta el comedor y se sentaron a desayunar. Gigi grabó un par de tomas con el móvil, enfocando el bufé libre, preparado cada día para que cada uno pudiera escoger lo que más le apetecía, y luego hizo una toma general del comedor.

—Buenos días —saludó una voz. Gigi casi dejó caer el móvil al suelo por la sorpresa.

Óscar llevaba una camiseta de color azul a juego con sus ojos.

—¡Hola! —saludó Ari, con una sonrisa.

—Hola —dijo Gigi casi al mismo tiempo.

—¿Qué tal? Hoy nos toca yincana, ¿verdad? —preguntó él. Gigi, que todavía no se había aprendido el horario, solo pudo asentir—. Guay. ¿Nos vemos luego?

—Claro.

Óscar sonrió y se alejó rumbo a la mesa que compartía con sus amigos.

—Qué mono —le susurró Ari al oído.

Gigi no tuvo fuerzas para negarlo.

—Venga, vamos a desayunar. Me muero de hambre.

La yincana había sido divertida, aunque algo agotadora. El juego se dividía en dos partes: una de preguntas y respuestas, y otra física. El equipo de Óscar ganó la parte de las preguntas, pero el de Gigi la física, así que decidieron que lo mejor era finalizar el juego con un empate. Gigi no era rápida, ¡pero es que Óscar era incluso más lento que ella!

Ahora lo celebraban con chuches y batidos de chocolate, mientras descansaban a la sombra de unos árboles. Habían terminado su papel como monitores y, mientras los niños se preparaban para la cena, tenían algo de tiempo libre.

Hacía un viento agradable que le movía el pelo y que disipaba un poco el bochorno propio de agosto. Gigi había grabado bastante contenido y cada vez estaba más emocionada con la idea de hacer un vlog de todo el campamento. Iba a quedar algo chulísimo.

—Eres increíble —dijo Óscar, sacándole de sus pensamientos—. La carrera, me refiero. Mi equipo y yo no hemos tenido ninguna oportunidad.

—Tú también has estado genial. ¿Cómo es que sabes tanto?

—Juego mucho al Trivial.

Gigi soltó una carcajada. Definitivamente, Óscar era mucho más divertido de lo que había creído a lo largo de estos años.

—¿Te puedo hacer una pregunta? —dijo el chico entonces.

—Uy, qué miedo.

—¡No es nada personal! —aseguró Óscar algo avergonzado—. Es... ¿Por qué lo grabas todo?

—Oh, eso. —Gigi movió un poco las piernas con algo de nerviosismo—. Igual te ríes, pero... me gustaría hacer algo relacionado con redes. En plan, subir mi maquillaje, o hacer vlogs y ese tipo de cosas. Aún no lo tengo muy claro.

Óscar parpadeó.

—Guau, increíble. Eres muy creativa. Yo sería incapaz de meterme en algo tan complicado. Eso de las redes sociales... ¡Son tan variables!

—Sí, pero me parece guay. No aspiro a convertirme en alguien importante, solo me gustaría compartir lo que hago.

Gigi no le preguntó si le parecía una tontería como a sus padres porque empezaba a conocer a Óscar y sabía que el chico no la juzgaría.

—¿Puedo verlo? Lo que haces. Los vídeos y el maquillaje.

Gigi cabeceó, pero sacó el móvil del bolsillo de los pantalones y lo desbloqueó.

Durante la siguiente media hora, le enseñó a Óscar todo, desde los looks que ideaba cuando salía de fiesta hasta las tomas que había grabado estos últimos días.

—¡Ey, Óscar! —La voz de un chico les hizo pegar un respingo. Solo entonces Gigi se dio cuenta de lo pegados que estaban Óscar y ella. Se trataba de Bill—. ¿Vienes? Hemos quedado todos para dar una vuelta.

Óscar miró a su amigo y luego a Gigi. Parecía dudar.

—No sé...

—Venga, seguro que tu novia puede esperar.

—No somos novios —dijeron los dos a la vez.

Bill sonrió, aunque era una de esas sonrisas burlonas y a Gigi no le gustó ni un pelo. ¡Qué mal le caía ese chico!

—¿Vas a dejarnos tirados por una tía? —insistió Bill—. No te ofendas, Gigi, pero ya sabes: colegas antes que novias.

Menuda tontería.

—Ve —susurró Gigi mirando a Óscar—. No te preocupes.

Óscar torció el gesto, pero se levantó y fue junto a Bill. Le dijo algo que Gigi no alcanzó a oír y el recién llegado bufó como respuesta.

—Nos vemos luego —se despidió Óscar, y Gigi solo tuvo tiempo de hacer un movimiento con la mano antes de que Bill se lo llevara lejos de ella.

No se le pasó por alto la última mirada que este le lanzó. Algo le decía que ella a Bill tampoco le caía muy bien.

Una semana después de la yincana, tocaba otra de las actividades que menos le gustaban a Gigi: senderismo. Todo eso del ejercicio físico lo llevaba regular, y era tan torpe que le daba un poco de miedo pensar en los peligros que podían acecharla en la montaña, como ramas con las que tropezar. Sin embargo, esa mañana empezó la caminata de muy buena gana. Tal y como había ocurrido en el río, los guiaba un instructor experto en el terreno para que no se perdieran, así que Gigi y Óscar solo tenían que estar pendientes de los niños para que no se metieran en problemas.

—Oye —le dijo Óscar cuando apenas llevaban quince minutos de subida por el monte—. Sobre lo que ocurrió el otro día...

—¿El qué?

—Lo de Bill. No le caes mal, es solo que, ya sabes.

—No, no lo sé.

Óscar parecía algo frustrado, pero Gigi lo entendía. Al fin y al cabo, por muy idiota que fuera, Bill era su amigo. No es como si no hubieran vuelto a hablar desde la yincana. De hecho, su relación seguía evolucionando y cada vez se llevaban mejor. Pero Óscar no había mencionado lo de Bill y ella tampoco lo había sacado.

Gigi tenía la sensación de que Bill quería separarlos. Y no lo entendía. Ella siempre se alegraba cuando Ari o Rai hacían nuevos amigos. ¿Y si al final lo conseguía y Óscar se alejaba de ella? Ahora que había descubierto lo bien que le caía le daba miedo que volvieran a tratarse como dos desconocidos.

—No debería haberme ido con él —continuó Óscar—. Estaba contigo y estuvo mal que me fuera, lo siento mucho.

—No importa —dijo ella. En realidad, un poco sí, pero no pensaba decírselo. Así que apuró el paso y se alejó de Óscar. Decidió que lo mejor era concentrarse todo lo posible en los niños y no seguir dándole vueltas a algo que había pasado hacía días.

Al fin y al cabo, ni siquiera entendía por qué le afectaba tanto la posibilidad de separarse

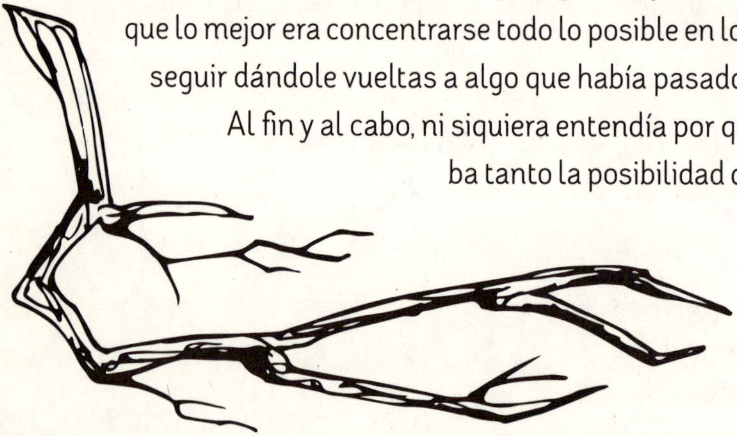

de Óscar cuando no hacía ni dos semanas desde que se habían hecho amigos.

Gigi vio a un par de críos molestarse el uno al otro con una lombriz. Se apresuró para ir hacia ellos, con tan mala suerte que no vio una rama en el suelo, tropezó y... ¡CRAC!

A eso le llamaba ella mala pata.

—¿Estás bien? —preguntó Óscar. Por increíble que pareciera, el chico siempre estaba ahí cuando Gigi hacía el ridículo. Hace unas semanas no le habría importado, pero ahora...

—Sí, claro —susurró, con las mejillas al rojo vivo. Trató de levantarse y... un pinchazo de dolor le recorrió el tobillo—. Ay, ay, ay.

Óscar se inclinó delante de ella. Parecía preocupado.

—¿Seguro?

—No —confesó ella—. Creo que me he torcido el tobillo. No te preocupes —añadió rápidamente—. Seguro que si descanso un poco se me pasa. Tú sigue andando o perderás de vista al instructor.

Gigi no había terminado de decir la última palabra cuando Óscar ya estaba negando con la cabeza.

—¿Qué? No. ¡No voy a dejarte aquí sola! Ven. —Le dio la espalda a Gigi y extendió los brazos hacia atrás—. Te llevo.

Gigi soltó una risita, hasta que se dio cuenta de que el chico no bromeaba y se le cortó de golpe.

—No digas tonterías.

—Gigi —insistió Óscar serio—, no voy a dejarte atrás.

—Pero... seguro que peso mucho y...

—Si no te das prisa el instructor se alejará más y nos perderemos.

Ella dudó. Se mordió el labio inferior con fuerza y, al final, decidió aceptar la ayuda que Óscar le ofrecía. Se agarró a su cuello y el chico, tras auparla, se colocó de pie. Dio un par de pasos temblorosos, como si quisiera asegurarse de que podía andar con ella a cuestas, y luego siguió.

El corazón de Gigi latía muy rápido. Óscar olía tan bien... Y era fuerte. Nunca se había dado cuenta de lo ancha que era su espalda. Ay, solo esperaba que el chico no se diera cuenta de lo nerviosa que estaba, porque su rostro seguía rojo y sentía la boca seca.

—¿Cómo vas? —le preguntó tras unos minutos de camino.

—Bien —dijo Óscar. A pesar de que se notaba el esfuerzo que hacía porque andaba muy despacito, no se quejó—. ¿Y tú?

—No soy yo quien está cargando con una persona a sus espaldas —trató de bromear ella.

—Tú nunca eres una carga, Gigi.

Gigi no supo qué decir. Se limitó a aferrarse aún más fuerte al cuello de Óscar —asegurándose de no ahogarle— y cerró los ojos.

Igual Ari tenía razón.

Igual por eso le había sentado tan mal lo de Bill.

Igual algo estaba empezando a cambiar.

Ahora que conocía un poco mejor a Óscar su política de no salir con chicos estaba a punto de tambalearse. Sin embargo..., no podía caer. En septiembre, Óscar se iría a la universidad y ella aún no sabía qué haría. Quedaban dos semanas y media de campamento y sus caminos se separarían tarde o temprano.

No pensaba enamorarse de Óscar. No quería que volvieran a romperle el corazón.

Óscar llevó a Gigi hasta la enfermería. Por suerte, solo había sido una simple torcedura que se arreglaría con un par de días de reposo, así que Gigi no se perdería el resto de las actividades en el campamento.

—Menos mal —le dijo Óscar. Al parecer, se había propuesto no dejar sola a Gigi y ahora la acompañaba a la cocina. Habían almorzado después de ir a la enfermería e iban rumbo a un taller de repostería—. Me alegra que estés bien.

—Gracias por lo que has hecho por mí —dijo Gigi enternecida—. Eso de cargar conmigo toda la montaña... ¿No te duele la espalda?

—¡Qué va! Mira, estoy fuerte como un roble.

Gigi se echó a reír y Óscar no tardó en contagiarse. No había manera en la que a Óscar no le doliera el cuerpo, pero agradecía que no se lo echara en cara.

Cuando llegaron a la cocina, todavía seguían riéndose. Sin embargo, el momento de complicidad duró poco. Los niños que

estaban a cargo de Gigi se arremolinaron junto a ella con miles de preguntas. Parecían preocupados de verdad.

—¿Estás bien?

—¿Te has hecho daño?

—¿Podrás seguir siendo nuestra monitora?

—¡No queremos que te pase nada malo!

—¡Óscar ha sido como un superhéroe!

—¿Sois novios?

Gigi no sabía qué contestar primero, pero no pudo evitar que las mejillas enrojecieran cuando escuchó la última pregunta de todas.

—¡No somos novios! —chilló con la voz demasiado aguda.

Óscar tenía el rostro tan rojo como ella, lo que solo hizo avivar la curiosidad de los más pequeños.

—¡Estás colorado!

—¡Gigi también parece un tomate!

—Entonces, si no sois novios, ¿por qué veníais juntos?

—Bueno, basta de preguntas —cortó Óscar. Dio un par de palmadas, intentando sonar autoritario—. Vamos a empezar con el taller.

Los niños soltaron un jooooo, pero no tardaron en olvidarse del tema, especialmente cuando descubrieron que harían galletitas de chocolate.

Ojalá Gigi tuviera esa suerte.

Pero ella no podía olvidar tan fácilmente lo que había vivido con Óscar en la montaña. No podría olvidar lo segura que se había sentido entre sus brazos ni lo agradecida que había estado al ver que el chico no la dejaba a solas ni en la enfermería. Ningún otro chico había tenido esa consideración con ella.

Esa misma noche, Gigi no podía dormir. Hacía rato que Ari y ella se habían metido en la cama, pero, por mucho que lo había intentado, el sueño no venía. Daba vueltas en la cama una y otra vez. No podía dejar de pensar en Óscar.

—Ari —susurró. Su amiga dormía a un par de centímetros de su cama—. ¿Estás despierta? ¿Ari?

—Ahora sí —gruñó ella. Se incorporó y encendió la lamparita de noche. Tenía el pelo despeinado en todas direcciones—. ¿Qué ocurre?

Gigi dudó.

—Nada, es solo que... —Tomó aire—. ¿Cómo sabes si te estás empezando a enamorar de alguien?

Ari lanzó un gritito emocionado. Se levantó de la cama y de un salto se metió en la de Gigi. Ella se quejó un poco —especialmente cuando su amiga le dio un codazo—, pero como había sido culpa suya por despertarla no trató de echarla.

—¿Es por Óscar?

—Puede.

—Pues no sé. —Ari hizo una pausa—. Supongo que se sabe.

—Muchas gracias —ironizó Gigi.

—A ver, tú has estado enamorada antes, ¿no? ¿No te gustaba Nic?

Gigi no contestó. Sí, Nic le había gustado, pero jamás se había sentido tan cómoda con él como con Óscar.

Sin darse cuenta, Óscar se estaba convirtiendo en uno de sus mejores amigos: con él podía hablar de cualquier cosa. Con él se reía a carcajadas. ¿Y si todo se estropeaba por culpa del amor? No quería perderlo.

—Supongo —continuó Ari— que quieres estar todo el rato con esa persona. Te sientes comprendida, escuchada. Te ríes con él. Te entran ganas de contarle todo lo que te pasa. Cuentas las horas para verlo por las mañanas, no sé. ¿Algo así?

Gigi se acurrucó contra el cuerpo de su amiga y cerró los ojos. Ari era como una estufa y, aunque hacía una noche calurosa, agradeció tenerla ahí.

Todavía no tenía claro qué era lo que sentía por Óscar, pero decidió que aún había tiempo para averiguarlo.

Estaban siendo los días más confusos de su vida. ¡Y eso que todavía quedaban dos semanas de campamento!

Capítulo 5

EL JUEGO de la RULETA

Los días en el campamento estaban muy cerca de llegar a su final. Entre las actividades, cuidar a los niños, pasárselo bien con sus amigos y sus conversaciones con Óscar, Gigi apenas había sido consciente del paso del tiempo.

Antes siquiera de darse cuenta, ya solo les quedaba una semana de agosto y después... Seguía sin tener claro qué haría después, pero no quería pensar en ello. O, al menos, es lo que intentaba.

Su tobillo se había curado bien y solo había necesitado un par de días de descanso para volver a estar en plena forma. Y menos mal, porque no le hubiese gustado perderse la competición de baile por nada del mundo. ¡Qué divertida había sido! Y lo mejor de todo: Óscar y ella habían bailado juntos y se habían reído a carcajadas. Bueno, la verdad es que con Óscar era muy fácil reír.

—¡Estás exagerando!

—No, no, te lo juro —dijo él, y puso una mano sobre el pecho—, se me cayó todo el zumo encima en medio del recreo. ¡Parecía que me había hecho pis! No sabes qué vergüenza pasé.

Gigi se carcajeó aún con más ganas. De solo imaginarse la situación se le saltaban hasta las lágrimas. Tuvo que hacer un gran esfuerzo para no tirar la caja que llevaba con algunas manualidades de los niños. Óscar y ella tenían que llevarlas al almacén y, si no se apuraban, llegarían tarde a la cena.

Ay, qué fácil le había resultado acostumbrarse a pasar tiempo con él.

Cada mañana, el chico la esperaba en la puerta del comedor y, cuando Gigi terminaba de desayunar, caminaban juntos hacia la actividad correspondiente. Si les tocaban manualidades o era tiempo de estudio para que los niños hicieran las tareas de verano, se sentaban un poco alejados para poder hablar sin molestar a nadie. A veces incluso se veían cuando no tenían que hacer el papel de monitor. Gigi había aceptado la solicitud de seguimiento en Instagram de Óscar, así que, cuando alguno de los dos necesitaba despejarse o simplemente hablar un poco, se mandaban un mensaje y quedaban fuera de la casa para ver las estrellas.

Bill no había vuelto a molestar a Gigi, pero ella no bajaba la guardia. Cada vez que cruzaban alguna mirada, el amigo de Óscar le sonreía, pero no de manera alegre o amable. Era... raro. No se fiaba de él.

—¿Vendrás?

—¿Eh?

—¡No me digas que no me estabas escuchando! —se quejó Óscar, aunque no parecía enfadado, solo divertido. Gigi solía tener la cabeza en las nubes muy a menudo—. A la fiesta que han organizado hoy los monitores.

—¿Otra fiesta? Qué raro —dijo ella con ironía. Óscar se echó a reír—. Claro que iré, ¿por qué lo preguntas?

La risa de Óscar se cortó de golpe y sus mejillas adoptaron un tono rojizo.

—Porque... me estaba preguntando si te gustaría ir conmigo en lugar de con tus amigos.

Gigi detuvo su andar y a punto estuvo de tropezarse con sus propios pies. De nuevo, casi dejó caer la caja al suelo.

¿Era... una cita? No, ¿verdad? ¿O tal vez sí? ¡Madre mía!

—¿Quieres que vayamos... juntos? —preguntó como una tonta.

—Solo si a ti te parece bien.

Gigi se mordió el labio inferior. Mentiría si dijera que no tenía ganas, pero, al mismo tiempo, le daba miedo. Hasta ahora, había conseguido mantener a raya sus sentimientos hacia Óscar. «Amigos, solo amigos», se repetía todo el rato. Pero, si tenían una cita juntos, Gigi no estaba tan segura de poder negarse a sí misma la verdad durante mucho más tiempo.

Sin embargo, tomó aire y... asintió.

—Vale.

Óscar se quedó mirándola durante unos segundos hasta que, finalmente, sonrió.

—Guay.

Esta vez fue Gigi quien enrojeció.

—Sí, guay —dijo. Retomó el paso y no tardó en dejar a Óscar atrás—. ¡Date prisa! ¡A este paso nos quedaremos sin los macarrones con queso!

Óscar gritó un «¡oh, no, los macarrones!» y se apresuró a seguirla. Para cuando llegaron al almacén, ya estaban otra vez bromeando y riéndose, aunque Gigi no podía quitarse la bolita de nervios que se había instalado en la boca de su estómago.

Gigi se había esforzado más que de costumbre en su maquillaje, tanto que Ari insistió en hacerle fotos para subirlas a redes sociales.

—Estás INCREÍBLE.

—¿Tú crees? —preguntó ella algo ansiosa. Había quedado con Óscar directamente en la sala donde tendría lugar la fiesta, así que Ari y ella iban de camino. Se peinó el flequillo con los dedos—. ¿No es demasiado?

—No. Mira. —Ari le enseñó la pantalla de su móvil—. ¡La foto ya ha recibido 150 likes! Y eso que solo lleva quince minutos en redes.

—¿En serio?

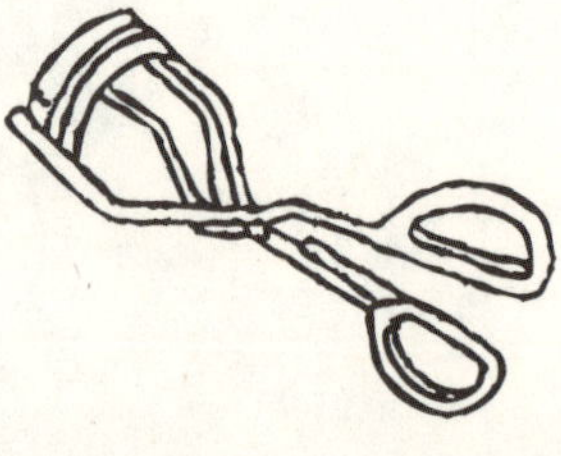

—Te lo dije, ¿no es cierto? ¡Tienes talento para esto! Ya verás cuando subas los vlogs del campamento.

Gigi enrojeció un poco ante tantos halagos, pero tenía que admitir que le hacía ilusión que la gente reconociera su esfuerzo.

Cuando llegaron a la sala, Óscar ya estaba allí. Al parecer, Gigi no era la única que se había esmerado en su aspecto, porque el chico se había peinado más de lo habitual y lucía una camisa del mismo color que sus ojos.

Qué guapo estaba.

—¡Hola! —la saludó cuando Gigi se acercó a él. Dudó un poco antes de darle un abrazo torpe. Olía de maravilla—. Guau. ¡Estás muy guapa!

—Gracias. Tú también.

Óscar sonrió y, durante unos segundos, ninguno dijo nada. Luego el chico se ofreció a ir a por un par de bebidas y ella se quedó sola. ¡Estaba tan nerviosa! Pero se trataba de Óscar. Era su amigo. Y le hacía sentir cómoda, así que pensaba aprovechar esa noche para pasárselo en grande con él.

El chico volvió con un par de refrescos y se los bebieron algo alejados del resto de sus compañeros mientras charlaban animadamente. No dejaron ningún tema sin tocar; Gigi hasta le enseñó fotos de su perrita Leia, a la que echaba mucho de menos, y le confesó que siempre había querido tener un conejito. Óscar sonrió y luego la invitó a bailar.

Gigi sonrió cuando se dio cuenta de lo mucho que le costaba al chico seguir el ritmo de las canciones. Ya sabía que a Óscar no se le daba bien bailar, pero le enternecía que se esforzara tanto solo porque sabía que a ella era algo que le encantaba. Así que Gigi le enseñó varios pasos y ambos celebraron con vítores y risas cuando Óscar fue capaz de hacerlos bien.

A eso de las once de la noche, uno de los monitores propuso jugar a la ruleta y Gigi, aunque no estaba muy convencida, accedió. No quería ser la única que se quedara fuera del juego.

Al principio, todo fue bien. Se lo estaba pasando genial y se respiraba el buen rollo en el ambiente. Algunas pruebas eran tan divertidas que Gigi se rio hasta que se le saltaron las lágrimas, como cuando a Ari le tocó bailar a la pata coja alrededor del grupo. Luego llegó su turno. La ruleta giró y giró... y le tocó darle un beso a alguien. Bueno, no a alguien. A Óscar.

El corazón de Gigi empezó a latir acelerado. ¿Debería considerarlo buena o mala suerte?

—Si quieres, puedes volver a girar —susurró Óscar. Parecía incómodo y no le mantenía la mirada. Gigi quiso preguntarle si tanto le desagradaba la idea de besarla, pero no tuvo tiempo, porque uno de los monitores gritó:

—¡No vale escaquearse! ¡Tiene que hacer lo que indica la ruleta!

—¡Eso, eso! —se unieron otras voces.

Por fin, Óscar la miró. Fue como si el tiempo se detuviera entre los dos. Los demás tenían razón. Nadie había evitado besar a nadie, así que no le quedaba más remedio que obedecer. «Podría haber sido peor», se dijo. Era Óscar. Óscar, su amigo. Óscar, el chico más increíble que conocía. Podía hacerlo.

Gigi se inclinó hacia delante y cerró los ojos. Óscar la imitó y también se acercó a ella. El chico le acarició la mejilla con una mano y la besó.

Fue como cuando te da un calambre. La misma chispa.

El beso apenas duró unos segundos, pero, cuando Gigi se alejó de Óscar, no era capaz de sostenerle la mirada. Nunca había sentido nada parecido, ni siquiera por su ex. Empezó a ponerse nerviosa, así que se levantó.

—Tengo que irme —dijo. No esperó a que nadie dijera nada. Solo tuvo tiempo de fijarse en las caras de preocupación de Ari y Rai antes de salir corriendo.

No pudo llegar muy lejos. Solo había cruzado la mitad del pasillo cuando oyó su nombre.

—¡Gigi! —Era la voz de Óscar. ¿La había seguido?—. Gigi, espera, por favor.

Ella obedeció. Se trataba de Óscar, al fin y al cabo. No quería que ese beso supusiera el fin su amistad.

—Lo siento —le dijo algo avergonzada—. No debería haber huido así, pero...

—¿Tan malo ha sido? —le interrumpió Óscar. Parecía preocupado de verdad.

—¿Qué? No. No es eso. Es que...

—Me gustas —volvió a interrumpir él, y Gigi se quedó muda—. Me gustas mucho. Eres lista y divertida, y lo último que quiero es que esto estropee nuestra amistad, pero necesitaba que lo supieras. Que me gustas mucho.

Gigi parpadeó. No sabía qué decir. ¡Es que no le salían las palabras! No esperaba... Es decir, lo había pensado, pero nunca se le ocurrió que Óscar, el tímido y friki, se la declarara tan de repente.

Se hizo el silencio entre los dos. El corazón de Gigi latía aún más rápido que en el juego de la ruleta, si es que eso era posible. Se pasó la lengua por el labio inferior y abrió la boca, pero... nada.

—Tengo que irme —dijo finalmente—. Lo siento mucho, Óscar.

No quiso quedarse a ver su reacción. Cerró los ojos con fuerza y echó a correr rumbo a su habitación.

Gigi fingía que dormía cuando alguien encendió la luz del cuarto.

—Sé que estás despierta —le dijo Ari. Gigi se incorporó sobre la cama. No le sorprendió ver que Rai iba detrás de la recién llegada—. ¿Cómo estás?

Gigi se encogió de hombros.

—No lo sé. Ha sido...

—¿Mágico? —se animó Rai—. ¿De cuento de hadas? ¿De película romántica?

—Raro —contestó finalmente—. No sé. Es Óscar. Es mi amigo. No deberíamos habernos besado. Aunque él... se me ha declarado.

—¡Te lo dije! —dijo Rai.

Ari se sentó en la cama y cogió a Gigi de las manos.

—Te gusta, ¿verdad?

Gigi no supo qué decir.

—¡Es obvio! —continuó Rai, que también se sentó junto a las dos chicas—. Y déjame decirte algo: hacéis una pareja estupenda.

—¿De verdad lo crees? Pero... ¿y si por salir juntos se estropea lo que tenemos? No quiero perderlo. Además, no encajamos, ¿no creéis? ¡Apenas tenemos gustos en común!

—¿Y qué más da? —preguntó Ari—. ¡Os habéis pasado todo el campamento hablando! Os lleváis bien y tenéis química. No creo que ser sincera con tus sentimientos arruine lo que tenéis.

Gigi dudó. Una parte de sí misma sabía que sus amigos tenían razón. Sin embargo, había otra parte que aún tenía miedo.

—Tú piensa una cosa —dijo Rai—. ¿Qué prefieres? ¿Lanzarte o arrepentirte toda tu vida por no haberlo hecho? ¿No es mejor atreverte y que salga mal a no hacerlo y no saber nunca si hubiera funcionado?

—Guau. —Ari parecía sorprendida—. Eso ha sido muy maduro.

Rai infló el pecho.

—Pues claro. Yo también puedo ser muy maduro.

Gigi sonrió, divertida por la situación. Le había venido bien hablar con sus amigos. Ahora tenía más claro lo que tenía que hacer.

Ari y Rai tenían razón: Óscar era buen chico y le gustaba mucho. Merecía la pena arriesgarse antes que quedarse con la duda.

Gigi había dormido poco y mal, pero la noche en vela no le había hecho dudar ni un ápice: cada vez tenía más claro sus sentimientos hacia Óscar. Por eso, lo primero que había hecho por la mañana había sido mandarle un mensaje por Instagram para decirle que tenían que hablar. Le había pedido que quedaran un poco antes de la hora del desayuno para que nadie los molestara.

Ahora lo esperaba fuera de la casa, en el lugar donde solían quedar para ver las estrellas. Estaba muy nerviosa, pero tenía claro lo que quería decirle. De hoy no pasaba. ¡Sería valiente y se confesaría a Óscar!

—Anda, Gigi, ¿qué haces aquí tú sola?

Esa voz...

Gigi se giró y se topó cara a cara con Bill.

—Nada —mintió. Jo, de todas las personas con las que podría haberse topado le tocaba Bill. El chico sonrió. Gigi esperó, pero no parecía tener intención de irse, así que se mordió el labio inferior y preguntó, más por cortesía que por interés—: ¿Y tú?

—Me gusta dar un paseo por las mañanas.

—Ah, guay.

Bill se cruzó de brazos sobre el pecho. El chico tenía músculos y, aunque todas las chicas de su clase decían que era guapísimo, a Gigi no se lo parecía. A ver, sí, lo era, pero..., en su opinión, Óscar le ganaba.

—¿Esperas a Óscar?

—¿Eh?

—Óscar. Lo estás esperando, ¿verdad?

—¿Cómo lo sabes?

—Compartimos habitación. Sé que os veis muy a menudo. Sé que a él le gustas, y me imagino que él también te gusta a ti.

—No es asunto tuyo.

Bill se acercó a Gigi y ella estuvo tentada de retroceder un paso, pero no lo hizo. En su lugar, alzó la barbilla y le lanzó una mirada desafiante. No pensaba amedrentarse.

—Yo creo que sí —continuó Bill—. Óscar es mi amigo. Y no me gustaría que nadie le hiciera daño.

—Yo no pienso... —Gigi respiró un par de veces para evitar que el enfado la hiciera ponerse a gritar—. No voy a hacerle daño. ¿Por quién me tomas?

Bill alzó una ceja.

—¿En serio? Antes no te caía bien.

—No es verdad. Simplemente no le conocía y ahora sí. De todas formas, ya te lo he dicho: no tengo que darte explicaciones. No sé por qué te interesa tanto saber sobre Óscar y yo.

El chico tardó unos segundos en contestar y, cuando lo hizo, ya no había ni rastro de ninguna sonrisa. Es más, parecía hasta indignado.

—Porque no entiendo por qué ahora te gusta él. Debería ser yo.

Gigi no tuvo tiempo de preguntar a qué se refería. Antes siquiera de que pudiera reaccionar, Bill tiró de ella y la besó. Fue rápido, pero desagradable. Nada que ver con el beso que habían compartido Óscar y ella la noche anterior. Esta vez, Gigi sí que retrocedió. Se limpió la boca con la mano y le lanzó a Bill una larga mirada de reproche.

—¿Por qué has hecho eso?

Bill se encogió de hombros, como si no le hubiera afectado que Gigi rechazara su beso de esa forma.

—Porque sí.

—Ya, pues la próxima vez pregunta. No está bien que beses a nadie sin su consentimiento.

—Admite que te ha gustado.

—¿Estás loco? —preguntó atónita. Había quedado con Óscar ahí, pero no pensaba pasar más tiempo con Bill del necesario. Ya le mandaría luego un mensaje explicándole por qué se había marchado antes de tiempo—. Déjame en paz.

No quiso darle a Bill ninguna oportunidad para que replicara nada. Se cruzó de brazos, dio media vuelta y se alejó de él.

Ahora entendía por qué Bill la miraba tanto y por qué le molestaba su amistad con Óscar. Había ido de buen amigo, pero en realidad era un sinvergüenza. ¡Con razón no le daba buena espina! Tenía que hablar con Óscar, ya no solo para declararse, sino también para advertirle sobre Bill.

Capítulo 6

CORAZÓN ROTO

La hora del desayuno pasó sin que Gigi pudiera hablar con Óscar. De hecho, el chico ni siquiera se presentó. Extrañada, abrió Instagram y cotilleó los MD por si acaso le había avisado de que se encontraba mal o algo, pero no había nada. El último mensaje que habían compartido era en el que quedaban para verse. Después, silencio.

Preocupada, Gigi escribió:

@gigiis

Todo bien??
No te he visto en el desayuno.

Esperó unos minutos, hasta que no le quedó más remedio que ponerse en marcha. «De todas formas —se dijo—, ahora lo veré en las actividades». Según el calendario, les tocaba una pelea de globos de agua. Gigi apuró el paso y se dirigió hacia el patio trasero de la casa rural. En él, además de piscina, había una cancha que servía tanto para jugar al fútbol como al baloncesto porque contaba con varias porterías y canastas. Cuando llegó, los niños ya estaban ahí.

No había ni rastro de Óscar.

En su lugar, estaba otro de sus compañeros de campamento.

—¿Y Óscar? —preguntó. Cada vez estaba más preocupada.

El chico se encogió de hombros.

—No lo sé. Creo que se ha puesto enfermo. Como mi compañero también se encuentra mal han decidido juntarnos a los dos grupos.

Gigi torció el gesto. Se sacó el móvil del bolsillo de los pantalones y miró de nuevo Instagram con la esperanza de haber recibido algún mensaje. Tenía cada vez más comentarios en el *post* que Ari había subido sobre su maquillaje, pero nada de Óscar.

Era tan extraño... Desde que habían empezado a hablar, no había ni un solo día en el que el chico no contestara sus mensajes. Nunca.

Por suerte o por desgracia, Gigi no tuvo mucho más tiempo para darle vueltas al asunto. La pelea de globos de agua comenzó y no le quedó más remedio que ponerse manos a la obra. Era una buena monitora y los niños no tenían la culpa de sus problemas. No pensaba aguarles la actividad.

—No le des muchas vueltas —le dijo Rai a la hora de la comida—. ¿No te han dicho que se encuentra mal? Cuando estás enfermo no sueles tener muchas ganas de hablar con nadie.

—Estoy de acuerdo con Rai —añadió Ari—. No creo que Óscar esté pasando de ti.

Gigi dejó caer los hombros. Desde la hora del desayuno no dejaba de mirar Instagram con la esperanza de que Óscar le hubiera contestado.

Sabía que sus amigos tenían razón, que, si estaba enfermo, lo más lógico era que estuviera descansando. Pero no podía evitar darle vueltas al asunto. ¿Y si sí que la estaba ignorando? ¿Y si, por culpa del beso de ayer y la posterior confesión, Óscar había decidido distanciarse de ella?

Necesitaba aclarar las cosas con él cuanto antes. Y visto que no podía hacerlo por mensajes... Con una nueva determinación, Gigi se terminó la comida y se levantó.

—¿A dónde vas con tanta prisa? —preguntó Ari extrañada.

—A ver a Óscar —contestó ella. Limpió los restos, cogió la bandeja y se alejó de la mesa. Era la primera en acabar de todo el comedor, así que nadie podría decirle nada si la veían caminar por el pasillo de los dormitorios de los chicos.

Le angustiaba la posibilidad de encontrarse a Bill, especialmente después del momento tan

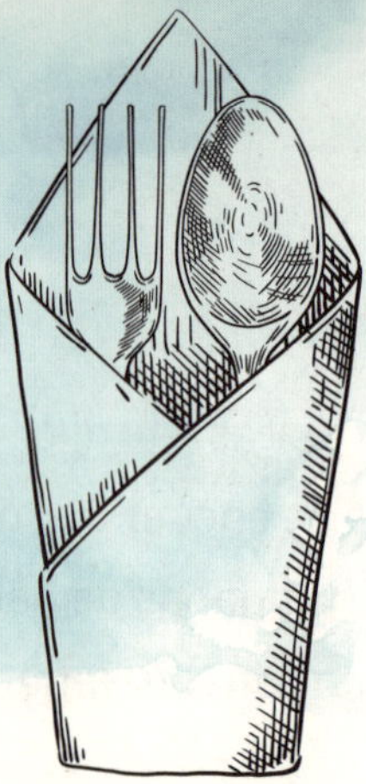

desagradable que habían compartido por la mañana, pero confiaba en que este siguiera en el comedor.

Por fin, después de buscar durante cinco minutos, encontró la puerta de Óscar. Gigi tomó aire antes de armarse de valor y llamar un par de veces. Esperó y esperó y... nada. Volvió a llamar.

—¿Óscar? Soy Gigi. He escuchado que estás enfermo y me preguntaba si necesitas algo.

Silencio.

Gigi se mordió el labio inferior. Lo intentó una última vez, aunque solo consiguió el mismo resultado. Óscar, o estaba durmiendo, o... lo que tanto temía era real y el chico no quería hablar con ella.

—Solo quería decirte que... siento mucho lo de ayer. El haberme ido de esa forma, me refiero. Y, en fin, si necesitas algo solo tienes que mandarme un mensaje y vendré a toda prisa. Descansa.

Gigi esperó unos segundos más, pero, como Óscar no daba señales de vida y estaba segura de que la gente ya habría terminado de comer, no quería meterse en líos y decidió alejarse de la puerta con paso apesadumbrado.

Tenía el estómago encogido por culpa de la tristeza y la preocupación, pero no pensaba rendirse tan fácilmente. Todavía quedaba una semana de campamento. Tarde o temprano, Óscar se recuperaría y ella se declararía.

No pensaba ocultar sus sentimientos hacia él nunca más. Suficiente tiempo había perdido ya con tantas dudas.

Óscar no apareció por las actividades al día siguiente, ni el día de después. Tampoco contestó a su mensaje. Sin embargo, Gigi no se rindió. Intentó hablar con él una vez más, después de la cena, y al día siguiente volvió a presentarse en la puerta de su dormitorio aprovechando la hora de la comida, pero nada.

Ni siquiera Ari y Rai se mostraban ya tan optimistas. Las excusas que ponían cada vez eran más rocambolescas y no calmaban la ansiedad de Gigi.

—Se habrá quedado sin batería.

—Igual está afónico.

—Seguramente tenga tapones en los oídos.

—A lo mejor está tan mareado que no es capaz de enfocar el móvil y por eso no te contesta.

Al tercer día Óscar volvió a reincorporarse a las actividades. La alegría que Gigi sintió cuando lo vio a la hora del desayuno le hizo saltar el corazón.

—¡Óscar! —saludó. Le mostró una amplia sonrisa que ni siquiera disminuyó cuando el chico no la correspondió—. ¿Qué tal te encuentras? He escuchado que estabas enfermo y...

—Bien —dijo él serio y seco.

Esta vez sí, Gigi dejó de sonreír.

—Te he ido a buscar varias veces, pero me imaginaba que te encontrabas mal y...

—Lo siento, pero tengo que irme —le interrumpió. Señaló hacia la mesa en la que solía sentarse siempre y Gigi asintió.

—Sí, entiendo. ¿Nos vemos luego?

Óscar no contestó; se limitó a hacer un gesto con la cabeza, a medio camino entre el asentimiento y la negación y se alejó de ella. Gigi lo observó unos segundos más, hasta que la mirada de Bill, que también estaba en la mesa, se cruzó con la suya y ella dio media vuelta.

Después del desayuno, tocaba un taller de cuentos. Era una actividad tranquila y Gigi pensaba aprovechar para hablar con Óscar. Siempre se sentaban juntos, así que daba por sentado que esta vez no sería muy distinto. Sin embargo, cuando Gigi llegó al lugar en el que tendría lugar la actividad, Óscar estaba sentado entre un par de niños y no había dejado espacio para ella.

Extrañada, Gigi paró de andar. Echó un vistazo a su alrededor en busca de alguna silla libre que poder arrastrar para acercarla más a Óscar, pero la única que había estaba a varias cabezas de distancia y ya era demasiado tarde para moverla. No le quedó más remedio que tomar asiento intentando aguantar la mueca de preocupación. Hizo un gesto y trató de llamar la atención del chico para saludarle, pero este no alzó la vista del cuento. O no la había visto o... definitivamente la estaba ignorando.

Gigi no pudo concentrarse durante lo que duró el taller de cuentos. En cuanto terminó, se levantó de un salto con la esperanza de poder hablar con Óscar, pero el chico se esfumó tan rápido que ella no tuvo tiempo ni de seguirlo.

—Creo que está enfadado conmigo —dijo Gigi cuando se reunió con sus amigos a la hora de la comida—. Por no haber contestado su declaración.

—Óscar no parece ser esa clase de persona —insistió Ari—. Seguro que hay alguna explicación.

—¿Como cuál?

Su amiga no supo qué decir.

Ese día, la comida se le indigestó. A primera hora de la tarde le dolía la tripa y no tenía muchas ganas de jugar con los niños al balón prisionero, pero hizo un gran esfuerzo y se dirigió hacia la cancha. Era una nueva oportunidad para hablar con Óscar, al fin y al cabo. ¡La incertidumbre era horrible! Si el chico tenía algún problema con ella y no quería seguir siendo su amigo, prefería que se lo dijera. Le dolería, pero prefería que fuera directo antes que vivir con la sensación de que había hecho algo mal y no saber el qué, más allá de haber huido después del beso.

Si tan solo pudiera acercarse a él para explicarle lo mucho que significó para ella...

De nuevo, cuando Gigi llegó a la cancha Óscar ya estaba ahí rodeado de niños. Qué conveniente... Antes, siempre la esperaba e iban juntos a todas partes. Ahora parecía darse mucha prisa para no coincidir con ella y usaba a los niños como una barrera entre los dos.

—¡Hola! —dijo con la esperanza de que esta vez Óscar sí le hiciera caso.

El chico la miró unos segundos y... luego nada. Movió la cabeza a modo de saludo y le dio la espalda.

Gigi tragó con dificultad. No hacía frío, pero tiritó.

Tuvo que hacer un gran esfuerzo para no ponerse a llorar durante el juego y ni siquiera pudo pasárselo bien. Pero, como no quería fastidiarles el día a los niños, aplaudió y fingió una sonrisa cuando su equipo ganó. No consiguió mantenerse en el papel cuando los más pequeños corrieron a las duchas y Óscar y ella se quedaron a solas para recoger la cancha.

Era su oportunidad.

—Oye, Óscar, sobre lo que pasó el otro día solo quería decirte que...

No pudo continuar.

—¡Óscar! —Era la voz de Bill—. ¿Vienes a cenar?

Gigi quiso gritar y tirar del brazo de Óscar para que la escuchara de una vez por todas. Sin embargo, el chico asintió y guardó los balones en una cesta.

—Nos vemos —se despidió, y fue junto al recién llegado. Bill miró a Gigi unos segundos y le susurró algo a Óscar en el oído.

El chico torció el gesto y, sin que ella lo esperara, esta vez sí que la miró.

Parecía... triste.

No entendía nada. ¿Qué le había dicho Bill?

Quiso preguntarlo, pero no tuvo tiempo. Antes de poder abrir la boca, los dos chicos se habían alejado y ella estaba sola en medio de la cancha.

El resto de los días del campamento no fueron muy distintos.

Óscar seguía ignorando a Gigi y solo hablaba con ella cuando era necesario, como para preguntarle la hora o para ponerse de acuerdo en la organización de las actividades con los niños. No había vuelto a intercambiar ningún MD con ella y mucho menos le había propuesto ir a mirar las estrellas, como hacían antes de que aquel juego de la ruleta lo trastocara todo.

Gigi nunca pensó que pudiera echar tanto de menos a alguien a quien conocía desde hacía tan poco.

El último día antes de volver a casa, apenas lograba contener la tristeza. No podía creerse que lo que había empezado como una de las mejores vacaciones de la historia se hubiera transformado

en algo así. Si tan solo hubiese tenido claros sus sentimientos hacia Óscar cuando él se le declaró...

—No es tarde —sentenció Rai la mañana en la que salían los autobuses de vuelta a casa—. Todavía puedes declararte.

Gigi hizo un puchero y apartó los restos del desayuno. Entre que volver a casa le apetecía poco porque no quería enfrentarse a sus padres y lo de Óscar, se le había quitado el apetito.

—Yo creo que ya me ha dejado más que claro que no le intereso, ¿no crees? Es una tontería.

—¡No lo es! —sentenció Ari—. Piénsalo, Gigi. En unos días Óscar irá a la universidad. Ya no lo verás todos los días en clase como antes. ¡No podéis terminar así!

Gigi sabía que sus amigos tenían razón, pero... estaba cansada. Llevaba días con el corazón roto y no estaba segura de poder soportar un rechazo más.

Ese día el desayuno fue corto y algo agridulce. Aunque todos eran alumnos del mismo instituto y se conocían desde hacía años, el campamento había servido para reforzar lazos. Hubo muchas lágrimas, abrazos de despedida y promesas. A menos de cinco minutos de que salieran los autobuses de vuelta a la ciudad, todavía había rezagados compartiendo sus redes sociales y números de teléfono.

Gigi acababa de guardar su equipaje en el maletero del autobús cuando, al girarse, se chocó contra Óscar.

Su corazón saltó emocionado.

—Uy, perdón —dijo—. No te había visto.

Óscar la miró durante unos segundos antes de dejar su maleta. Cuando se incorporó, volvió a rehuir su mirada.

No podía soportarlo.

—Óscar —intentó una vez más—, en este campamento me he dado cuenta de algo y...

—Lo sé —la interrumpió él.

Gigi alzó una ceja, sorprendida.

—¿Lo sabes?

—Sí. —El chico apretó la mandíbula. Parecía tenso y dolido y ella no entendía por qué—. Pero no hace falta que me des ninguna explicación. Ya me ha quedado muy claro.

—¿Eh? No, no es eso. Lo que quiero decirte es que... Lo que pasó el otro día en el pasillo fue un error y...

—Estoy de acuerdo contigo, Gigi —la interrumpió. Por fin, la miró, pero no lo hizo como siempre lo hacía. Ya no había ni rastro de ese brillo tan característico que le hacía sentir mariposas en el estómago—. Esa noche fue un error.

Gigi casi dejó de respirar.

Ella se estaba refiriendo a no haber contestado su declaración, pero Óscar... ¿Estaba hablando del beso que compartieron? ¿De su confesión? ¿Por eso la había ignorado? ¿Porque se arrepentía de lo que había pasado entre ellos?

Los ojos de Gigi se llenaron de lágrimas, pero se negó a derramarlas. No podía llorar, no delante de Óscar. No cuando él no la consolaría como había hecho durante las primeras semanas del campamento, cuando ella se sentía triste y perdida por culpa de las expectativas de sus padres y él siempre tenía palabras amables.

—Ya veo —susurró despacio.

Óscar se mordió el labio inferior. Durante unos segundos, fue como si quisiera añadir algo. Sin embargo, el tiempo pasó y el chico no terminó de dar el paso.

—Lo siento, tengo que irme.

Gigi asintió, y esta vez fue ella la que agachó el rostro, incapaz de mirarle ni un segundo más. Si alguna vez durante estos últimos días había pensado que tenía el corazón roto, se había equivocado. Lo que había sentido esta semana no se comparaba en nada a lo que estaba sintiendo ahora mientras observaba cómo Óscar se alejaba de ella, hablaba con Bill y se subía en el autobús sin volver la vista atrás.

Capítulo 7

VUELTA A LA RUTINA

La vuelta a casa fue amarga y Gigi se pasó varios días encerrada en su habitación. No era habitual en ella estar tan depre, pero después de lo ocurrido en el campamento con Óscar le estaba costando un poco volver a ser la misma chica alegre de antes.

Aún no podía creerse que, en tan pocos días, el chico se hubiera convertido en alguien tan importante para ella y que ahora volvieran a ser unos desconocidos. Además, todavía estaba todo el tema de la universidad. El verano le había servido para tomar una decisión, aunque estaba segura de que a sus padres no les iba a gustar.

Un par de días después del campamento, Gigi se sentó con ellos alrededor de la mesa del salón y soltó:

—Voy a tomarme un año sabático antes de decidir si quiero seguir estudiando o no.

Su madre parpadeó, como si no la hubiese escuchado bien.

—¿Qué?

—A ver —se apresuró a aclarar ella—, no sería un año sabático como tal porque tengo pensado ponerme a trabajar, pero... no quiero ir a la universidad. Al menos, no ahora.

—Pero, Gigi —empezó su padre—, habíamos acordado que estudiarías ADE.

—Vosotros —se atrevió a decir Gigi—. Vosotros lo habíais acordado. No yo.

La madre de Gigi negó con la cabeza, incrédula.

—¿Desde cuándo tienes decidido esto? ¿Es porque alguien te ha dicho algo? ¿Te han comido la cabeza o...?

—¡No! Es algo que tenía pensado desde hace un tiempo, pero solo ahora me he atrevido a deciros la verdad. ¿Tan raro os resulta que no quiera ir a la universidad? Antes de irme al campamento ya os dejé caer que no...

—Pero pensábamos que solo estabas bromeando. —Su padre parecía confundido—. ¿No te dijimos que podrías estudiar lo que quisieras cuando tuvieras un trabajo establ...?

—Ya tengo dieciocho años —interrumpió ella firme. Aunque pareciera tranquila, en realidad estaba muy asustada. Pero le había costado mucho ponerse delante de sus padres, así que no estaba dispuesta a dar su brazo a torcer. Ya no—. Y esta es mi decisión. Trabajaré y, en un futuro, ¿quién sabe? Por favor, necesito que me apoyéis en esto.

Sus padres guardaron silencio unos segundos en los que Gigi se mordió el labio inferior. Estaba a punto de romper a llorar cuando su madre suspiró.

—Está bien —dijo finalmente—. Un año. Y, como bien has dicho, trabajarás. No vas a quedarte en casa sin hacer nada.

Gigi dejó caer los hombros, aliviada.

—Os lo prometo. —Se levantó de la silla—. De hecho, ya he empezado a echar mi currículo en varios sitios.

—Nos hubiera gustado que tomaras otro camino, pero... —Su padre no terminó la frase, pero Gigi no lo necesitó. Sabía que no estaban contentos con su decisión, aunque por lo menos pensaban respetarla.

De momento, eso era suficiente.

Unos días después de la conversación con sus padres Gigi recibió la llamada de un restaurante. Tenían un puesto libre y las condiciones eran buenas, así que, tras pensarlo un poco, aceptó y a la mañana siguiente acudió al local para firmar el contrato y que le dieran el uniforme.

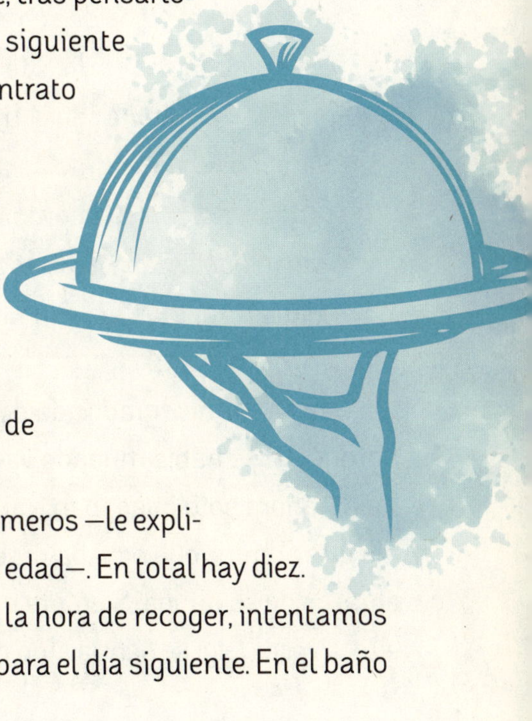

Gigi no tenía experiencia como camarera, pero sus compañeros fueron muy comprensivos con ella y le enseñaron lo básico para sobrevivir a sus primeros días de trabajo.

—Las mesas se dividen en números —le explicó una chica que tenía su misma edad—. En total hay diez. Así es más fácil organizarnos. A la hora de recoger, intentamos que el servicio se quede puesto para el día siguiente. En el baño tenemos un botiquín. A mí siempre se me caen los vasos y necesito muchas tiritas.

—Oh, muy útil —dijo Gigi con una sonrisa—. Igual tenemos que repartirnos las tiritas. En casa siempre soy yo la que rompe la vajilla sin querer.

La chica se echó a reír.

—Estoy segura de que tú y yo nos llevaremos bien.

Y tenía razón.

El restaurante era familiar, amplio y, aunque le pillaba algo lejos de casa, Gigi había aprovechado los primeros días de septiembre para sacarse la parte práctica del carnet de conducir, así que no tenía ningún problema con el transporte. El primer mes se le pasó volando gracias a la complicidad que había adquirido con sus compañeros y, como sus padres veían que estaba centrada y se esforzaba mucho, no habían vuelto a mencionar el tema de la universidad.

Gigi se sentía agradecida de estar haciendo nuevos amigos, porque Ari se había mudado ya a Londres para estudiar maquillaje y ahora solo quedaban Rai y ella. Adoraba al chico, pero tenía que admitir que echaba mucho de menos los consejos y los abrazos de su amiga. Siempre había sido la voz de la razón y, sin ella, a veces Gigi se sentía algo perdida. Rai no había conseguido aprobar la EvAU y estaba preparándose para la siguiente convocatoria. Como sus padres le habían echado una buena bronca, se pasaba los días estudiando y apenas se veían. A veces Gigi le hacía de taxista y le llevaba a la academia. Sin embargo, a pesar de los horarios, de vivir en diferentes lugares y de su nueva vida fuera del instituto, Gigi y sus amigos no pensaban dejar que su amistad se enfriase y quedaban todas las noches sin falta para hacer una videollamada y ponerse al día.

Por primera vez desde que había regresado del campamento, sentía que estaba volviendo a ser ella misma. La verdad, tener todas las horas del día ocupadas ayudaba mucho. Gigi acababa tan cansada que casi no tenía tiempo de pensar en Óscar.

Al menos, eso intentaba.

Había días en los que lo echaba tantísimo de menos que hasta le dolía.

—Mala idea, Gigi —se dijo a sí misma una noche en la que Ari había suspendido la videollamada porque tenía un trabajo que entregar y Rai tenía que estudiar. Gigi miró a su perrita, que estaba recostada en la cama junto a ella—. No debería hacerlo, ¿verdad?

Leia no contestó.

Y Gigi siguió adelante con su idea.

Desde que se había terminado el campamento, Óscar había dejado de seguirla en Instagram, así que Gigi le había devuelto el *unfollow*. Llevaba meses sin meterse en su perfil para que el chico no se diera cuenta de que aún pensaba en él. Pero hoy había tenido turno doble en el trabajo y se sentía sola y... se había creado una cuenta falsa para poder mirar las *stories* de Óscar sin que él se diera cuenta.

—Por favor, que no tenga novia, por favor... —susurró mientras bajaba por su perfil. El chico no era muy de subir fotos y apenas había añadido un par más a su *feed* desde que Gigi le había dejado de seguir. En una salía en la universidad con lo que parecían ser sus nuevos compañeros y en otra salía con sus padres. Ni rastro de novias—. Menos mal.

Leia alzó la cabeza y Gigi se dio cuenta de lo que estaba haciendo y de lo tonta que parecía mirando las redes de un chico que le había dejado claro que no quería saber nada de ella. Dejó caer el móvil sobre la cama y negó con la cabeza.

Era más que evidente que Óscar había pasado página y no pensaba en ella, así que a Gigi no le quedaba más remedio que hacer lo mismo.

—Oye, Gigi —dijo su jefe una mañana—, he escuchado que te gustan mucho las redes sociales. ¿Es verdad?

Gigi dejó el trapo sobre la mesa y alzó una ceja con curiosidad.

—Sí, pero... ¿quién te lo ha dicho?

Su jefe sonrió. Era el típico señor mayor de cara amable. Le recordaba un poco a su propio abuelo.

—Tus compañeros. Me han enseñado tu perfil en esa de la cámara y he visto tus maquillajes y todos los comentarios que te dejan. Y me estaba preguntando: ¿te gustaría llevar las redes del restaurante? Mis nietos me han dicho que hoy en día no se llega a ningún sitio si no estás en internet, pero yo no termino de pillarle el truco.

Gigi dudó. Era verdad que, desde el verano, había conseguido que varias de sus publicaciones recibieran muchos likes y comentarios. Los vlogs del campamento que subió lo habían petado y la gente le pedía más, pero de ahí a decir que se le daban bien...

—Por supuesto, habría un aumento de sueldo —añadió su jefe. Seguro que pensaba que el dinero era lo que le hacía dudar y no que se sintiera pequeña para semejante responsabilidad.

Estuvo a punto de rechazarlo, pero luego lo pensó mejor. ¿No quería seguir en el mundillo de las redes? ¿Qué mejor forma de intentarlo que llevando las del restaurante? Sería la primera vez que le pagaran por algo así y seguro que eso ayudaba a que sus padres lo vieran como un trabajo real y que comprobaran que ella se lo tomaba tan en serio como sus tareas como camarera.

—Está bien —accedió.

La sonrisa de su jefe se ensanchó. Y ella no pudo evitar sonreír también. Tenía que admitirlo: en el fondo, le hacía muchísima ilusión que el hombre hubiera pensado en ella.

Cada día, Gigi subía un vídeo a TikTok e Instagram mostrando cómo era trabajar en el restaurante. Solía estar pendiente de comentarios, investigaba las tendencias sobre música y bailes y, si había algún *trend*, siempre conseguía liar a varios de sus compañeros para que lo hicieran con ella. De esa manera, consiguió que se viralizaran varios vídeos. Unas semanas después de que empezara a llevar las redes del restaurante, los seguidores habían aumentado un montón. ¡Y no solo eso! Cada día crecían y crecían y ella no podía sentirse más orgullosa. Ya eran varias las personas que habían reservado mesa porque habían visto algún vídeo suyo en redes. Su jefe no paraba de felicitarla por su gran trabajo.

Cada vez iba adquiriendo más responsabilidades en redes y trabajaba menos como camarera y, sin embargo, sus padres seguían algo recelosos con la forma que Gigi tenía de ganar dinero. No consideraban que grabar vídeos fuera un trabajo de verdad y eso la entristecía. Le hacía sentirse insuficiente, y no era justo, porque siempre lo daba todo para que las redes del restaurante lo petaran.

—¿Por qué no empiezas a trabajar las tuyas también? —le dijo un día Ari en su habitual videollamada—. Lo que te daba miedo era pensar que no valías, pero ahora que has visto que sí gracias al restaurante, ¿qué te impide trabajar en tu Instagram y TikTok?

Gigi se removió, algo inquieta.

—Pues que el restaurante es... eso, el restaurante. Si empiezo a mover las mías seré yo la que esté al otro lado de la pantalla y...

—¿Y qué? —la interrumpió Rai—. ¡Pero si todo el mundo lo flipa con tus maquillajes! Además, ¿no se te viralizaron algunos de los vlogs del campamento?

—Sí.

—Pues ya está —decidió Ari con una sonrisa—. Ha llegado el momento de que @gigiis eche a volar.

¡Qué narices! Sus amigos tenían razón. Estas semanas le habían servido para quitarse de encima la presión y el sentimiento de no valer para trabajar en redes. Había demostrado que podía. Era buena y a la gente le gustaba su trabajo. Había llegado la hora de dar el salto y atreverse a luchar por sus sueños.

Despegar con sus redes sociales fue un poco más complicado que con las del restaurante. Para empezar, porque no tenía a nadie que bailara con ella más allá de Rai. Su mejor amigo se estaba involucrando mucho, pero no siempre estaba libre para echarle una mano. Además, solía acabar tan cansada de grabar y editar los vídeos y *posts* del restaurante que solo podía trabajar en @gigiis a primera hora de la mañana y por la noche. ¡La cantidad de horas que llevaba terminar un maquillaje o aprenderse los movimientos de una canción! Por no hablar de las transiciones. Era un trabajo agotador, y no siempre le salía bien. A veces, las publicaciones que más le gustaban a ella no tenían interacciones y los vídeos que grababa en unos segundos se hacían virales.

Sin embargo, no pensaba rendirse.

> Se había pasado meses preocupada, convencida de que no valía, creyéndose las palabras de sus padres de que debería buscar un trabajo más serio, pero no iba a tirar la toalla nada más empezar. No, Gigi estaba más decidida y segura que nunca.

No estaba trabajando tan duro en sus redes para ser *influencer*, para hacerse famosa o para vivir de ellas. Solo quería demostrarse a sí misma (y un poco también a sus padres) que podía hacerlo. Quería que sus obras llegaran a todo el mundo, porque le encantaba el arte y el maquillaje y disfrutaba compartiendo su pasión; y sabía que había gente al otro lado de la pantalla que se sentía igual que ella. Gente que, durante mucho tiempo, se había sentido perdida o sola o que le habían hecho creer que sus aficiones o deseos no eran suficientes. Si podía sacarle una sonrisa a alguien, si sus tutoriales de maquillaje o sus bailes servían para que una sola persona pudiera mejorar o para que se echara unas risas, todo esfuerzo merecía la pena.

A mediados de noviembre, alguien agregó a Gigi a un grupo de WhatsApp. Se trataba de uno de sus antiguos compañeros del instituto y proponía hacer una reunión de antiguos alumnos.

Al principio, a Gigi le hizo muchísima ilusión. De hecho, hasta empezó a escribir rápidamente que ella se apuntaba. Entonces, pensó en Óscar y los dedos se le congelaron en la pantalla del teléfono. Borró lo que había escrito y alzó la vista hacia la nada, sin poder moverse.

Desde aquella noche que se creó un perfil falso, no había vuelto a meterse en las redes del chico, pero eso no quería decir que lo hubiera olvidado. Al contrario. Había veces en las que se acordaba de las bromas privadas que habían compartido en el campamento, o de aquella vez que bailaron juntos, del incidente de la canoa o de su sonrisa y le entraban ganas de llorar. Le hubiera gustado enseñarle todo lo que estaba consiguiendo estas últimas semanas. Le gustaría mostrarle a la nueva Gigi, más segura de sí misma, más confiada en sus habilidades. Le gustaría darle las gracias, porque él siempre había confiado en ella, pero... Óscar era historia. Y no estaba lista para volver a él.

Gigi abrió el grupo de WhatsApp que tenía con sus amigos y escribió:

Gigi

Habéis visto lo de la reunión de antiguos alumnos?
Yo creo que no iré.

Ari

¿Qué? ¡No, Gigi, tienes que ir!
Yo no podré y me da mucha pena perdérmelo.
Necesito que Rai y tú me contéis todos los salseos.

Rai

Por qué no quieres ir?
Es por óscar?

Gigi torció el gesto. ¿Tan predecible era?

Gigi

Creo que todavía no estoy lista para verlo.

Ari

Tienes que olvidarlo.
¡Vales mucho más que un tío que decidió ignorarte sin darte ninguna explicación!

Rai

Eso, eso.
Tienes que ir y demostrarle que has seguido tu vida sin él.
No dejes de hacer planes solamente porque Óscar te haya hecho daño.

Ari

Además, dime la verdad: tú quieres ir, ¿no es cierto?
Si Óscar no fuera, ¿te lo perderías?

Gigi

No. Iría seguro.

Rai

PUES YA ESTÁ.

Gigi se mordió el labio inferior. Sus amigos tenían razón. Óscar ya le había demostrado que, para él, su amistad no significó nada. ¿Por qué debería quedarse en casa, triste y sola?

Era oficial: había llegado el momento de enfrentarse a sus fantasmas y volver a ver a Óscar.

Capítulo 8

REENCUENTRO

La reunión tendría lugar en la casa rural de uno de los antiguos compañeros de clase de Gigi. Al parecer, los padres del chico se iban de vacaciones y le dejaban la casa sola todo un fin de semana y este había aprovechado para organizar una pequeña fiesta.

Por la mañana, cuando sonó el despertador, Gigi tardó varios minutos en reunir las fuerzas necesarias para salir de la cama. De solo pensar en que hoy vería a Óscar, el estómago se le retorcía de puros nervios. Había estado a punto de fingir una enfermedad y enterrarse debajo de las sábanas, pero una vocecita en su interior se había negado y le había obligado a vestirse.

Gigi pasó a recoger a Rai a primera hora de la mañana. Su mejor amigo aún no tenía carnet (había vuelto a suspender el teórico), así que le había suplicado que poooor faaaavor le llevara y ella, que no sabía negarle nada, había accedido, aunque para eso hubiera tenido que madrugar un poco más.

—Todo de frente —decía Rai a lo largo del camino, aunque en realidad iba más concentrado en cantar las canciones de la radio que en dar las indicaciones—. Ahora por la derecha... ¡Me encanta esta canción! Izquierda. No, espera, ¡de frente!

Por suerte, tenían el móvil. Fue un milagro que consiguieran salir de la ciudad sin perderse.

Menos mal que al final les había hecho caso a sus amigos, porque tenía que admitir que se lo estaba pasando en grande con Rai. ¡Y eso que el fin de semana solo acababa de empezar! Cuanto más se acercaban a la casa, más ganas tenía de ver a sus antiguos compañeros de instituto.

—¡Gigi! ¡Rai! —saludaron varios de sus compañeros cuando Gigi aparcó el coche frente a la fachada de la casa. Muchos de ellos ya estaban allí y todos parecían igual de emocionados cada vez que veían aparecer a alguien nuevo.

Gigi no podía dejar de sonreír. Solo habían pasado unos meses desde que dejaron el instituto, pero ¡cómo los había echado de menos! Apenas podía avanzar un par de pasos sin que nadie se acercara a saludar.

—¿Qué tal todo?

—¡Te sigo en redes!

—¡Vi tu último *post*!

—¡Eres muy guay!

Uf. Tenía que admitir que recibir tanta atención le ponía algo nerviosa, aunque, al mismo tiempo, se llenaba de orgullo. Sus redes habían pegado un buen salto de seguidores estos últimos días. Le parecía increíble que hasta sus compañeros la siguieran. Con muchos de ellos había trabado amistad en el campamento, así que Gigi se pasó un buen rato repartiendo abrazos y besos. No cabía en sí de felicidad. Hasta que a lo lejos escuchó una voz que sería capaz de reconocer en cualquier parte y su corazón pegó un brinco.

Óscar. Era Óscar, que acababa de llegar en el mismo coche que Bill y otros chicos. Óscar, que alzó la vista y se quedó mirándola durante unos segundos que a Gigi se le antojaron eternos. Óscar, que avanzó un par de pasos, se paró frente a ella y dijo:

—Hola.

Gigi tragó saliva. Le costó encontrar la voz para contestar:

—Hola.

Hubo un silencio incómodo en el que solo se miraron el uno al otro. Hasta que Óscar le mostró una tímida sonrisa y se inclinó sobre ella para darle dos besos. Gigi, de tan sorprendida como estaba, no fue capaz de reaccionar. El chico seguía oliendo tan bien...

Qué diferente estaba siendo este encuentro en comparación a la última vez que se vieron.

—¿Qué tal todo? —le preguntó él.

—Bien —susurró ella. Le latía el corazón tan fuerte que temía que Óscar lo estuviera escuchando—. Estoy trabajando en un restaurante y...

—He visto tus redes —se adelantó Óscar—. Veo que por fin has decidido seguir adelante con tus sueños.

Gigi no contestó. Le dolía. Le dolía tanto esta situación. Óscar sabía que estaba creando contenido en redes, así que eso quería decir que seguía sus pasos. Entonces, ¿por qué le había dado *unfollow*? ¿Por qué se habían pasado meses sin hablar? ¿Por qué de repente había desaparecido de su vida, dejándola con un gran vacío en el pecho? ¿Por qué...?

—¡Óscar! —llamó Bill—. Venga, tío. Ayúdanos a subir las bolsas.

Óscar dudó. Miró a Gigi una última vez y abrió la boca, como si quisiera decirle algo. Gigi aguardó, casi conteniendo la respiración. Y, al final..., nada. El chico le retiró la mirada, murmuró un «ya nos veremos» y se alejó de ella.

Durante unos segundos, Gigi había esperado... ¿Qué, exactamente? ¿Que Óscar le pidiera perdón? ¿Volver atrás en el tiempo, a esa noche en la que todo se estropeó entre ellos? Qué tontería. Era más que evidente que Óscar solo se había acercado a ella porque era un chico muy educado. Nada más.

No lo había superado tanto como creía.

Gigi seguía enamorada de él. Y empezaba a sospechar que eso no cambiaría en poco tiempo.

Un par de horas después, la fiesta ya estaba en pleno apogeo. Para comer habían pedido unas pizzas y alguien había traído unos altavoces desde los que sonaba música muy alta. Gigi había probado refrescos de todos los colores y había bailado hasta tener los pies doloridos. Se había reído hasta las lágrimas con Rai, había jugado a las cartas con sus compañeros y se había animado a echar una partida al billar, aunque había perdido por mucha diferencia. Se lo estaba pasando bien y, sin embargo, una parte de ella no podía olvidarse de que Óscar estaba por ahí.

Gigi sentía su presencia todo el rato, aunque intentara ignorarlo. Sabía dónde estaba en cada momento, qué hacía, con quién hablaba. Sabía cuándo la miraba porque su piel se erizaba. Óscar era el único chico que le había hecho sentir algo así, que *todavía* le hacía sentirse como si flotara en una nube.

Óscar también la miraba a ella. Y era tan obvio que hasta Rai se había dado cuenta.

—Creo que sigues gustándole —le susurró al oído. Estaban sentados en uno de los sofás del gran salón de la casa. Habían bailado tanto que hiperventilaban y Gigi tenía una sed tremenda—. Sus ojos no dejan de buscarte. Es como si solo le importaras tú.

Gigi torció el gesto. Ella también lo pensaba, aunque no con la misma idea que tenía Rai.

—Seguro que lo hace porque sigue enfadado conmigo y quiere asegurarse de que no me acerco a hablar con él.

—¿Qué? ¡No! Pero si ha sido él quien ha ido directo a saludarte esta mañana.

—Porque es educado. Si realmente le interesara, no me habría dejado de seguir en redes. ¿Qué explicación le das a estos meses

de silencio? —preguntó. Rai no supo qué decir, y Gigi negó con la cabeza. Se levantó de un salto y tendió las manos en dirección a su amigo—. Venga, vamos a por un refresco. No voy a permitir que Óscar me arruine el día.

Rai sonrió.

—Así se habla —le dijo. Aceptó la ayuda que le ofrecía Gigi y juntos se alejaron en busca de bebidas.

Para cuando llegó la hora de la cena, muchos estaban agotados. Ya no bailaban, sino que se habían sentado en el salón para hablar un poco y ponerse al día. Había gente que había ido a la universidad, otros que estaban trabajando. Algunos estaban repitiendo segundo de bachillerato. Y otros se habían tomado un año sabático para decidir qué querían hacer con sus vidas.

La mayoría de ellos tenía curiosidad por Gigi; querían saber cómo había empezado a subir contenido a las redes, de dónde sacaba la inspiración para sus vídeos, qué se sentía al recibir tantos comentarios... Gigi estaba empezando a acostumbrarse a la curiosidad que despertaba, pero aún no se hacía a la idea de que fueran sus compañeros quienes la escuchaban. Si hacía solo unos meses ella todavía no sabía ni lo que quería hacer y, ahora, de repente, todos la veían como una inspiración. Le parecía muy fuerte. Además, tampoco es que tuviera unos números muy impresionantes. Sí, sus seguidores ya superaban las cuatro cifras, pero Gigi estaba segura de que la mayoría eran familiares y amigos que la seguían para apoyarla.

Si sus compañeros supieran que, en realidad, estaba tan perdida como ellos...

¡Incluso Alba estaba prestándole atención! Su antigua amiga no había ido al campamento, así que Gigi llevaba sin verla desde que se graduaron en el instituto. Al principio, el encuentro fue incómodo. Alba y Gigi habían llegado casi al mismo tiempo y habían aparcado los coches uno al lado del otro. Apenas se habían mirado y Gigi se había sentido muy mal porque, en el fondo, la echaba de menos.

Le parecía tan tonto haber roto lazos con ella solo por un chico... Tenía que admitirlo: a veces le gustaría que volvieran a ser amigas como antes.

Sin embargo, después de la hora de la cena, cuando los antiguos compañeros de Gigi habían empezado a hablar sobre sus redes sociales, Alba se había acercado a ella y le había dicho:

—Esa paleta que sacaste en tu anterior vídeo... ¿es la que te regalé por tu cumpleaños? Pensé que la habías tirado.

Gigi, emocionada, había tardado unos segundos en contestar.

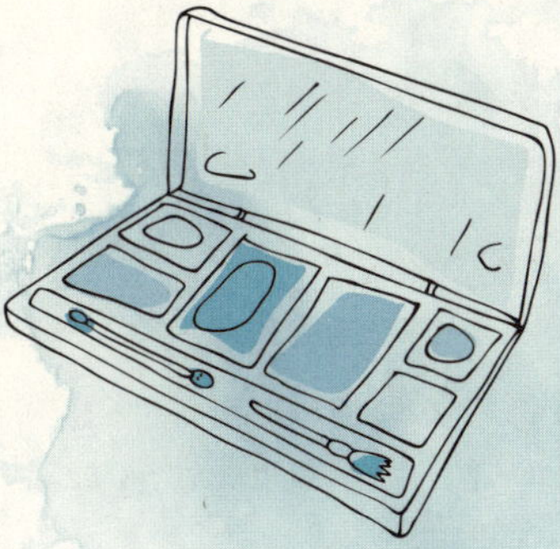

—No. Nunca tiro los regalos que me hacen mis amigos.

Alba había torcido el gesto y, sin añadir nada, había dado media vuelta y se había ido. Y los demás habían seguido lanzando una pregunta tras otra.

Llevaban así media hora. Como Rai se había ido con otros chicos a ver los jardines de la casa, Gigi se sentía algo sola. Abrumada por tanta atención, se levantó y se excusó diciendo que tenía que ir al baño. Aprovechó para dar una vuelta por la casa y poner en orden sus pensamientos. Estaba siendo un día plagado de emociones. No se arrepentía de haber venido al reencuentro, pero sí que sentía un gusto agridulce en la boca del estómago.

—Bueno —dijo para animarse—, no hay nada mejor para el corazón roto que un poco de chocolate.

Gigi fue a la cocina, encendió la luz y... pegó un grito sorprendida.

Óscar estaba sentado sobre una de las encimeras, con una cucharilla dentro de la boca y una tarrina de helado entre las manos.

—¡Me has dado un susto de muerte! —se quejó ella—. ¿Qué haces aquí a oscuras? ¿Por qué no estás con los demás?

—Necesitaba pasar un rato a solas.

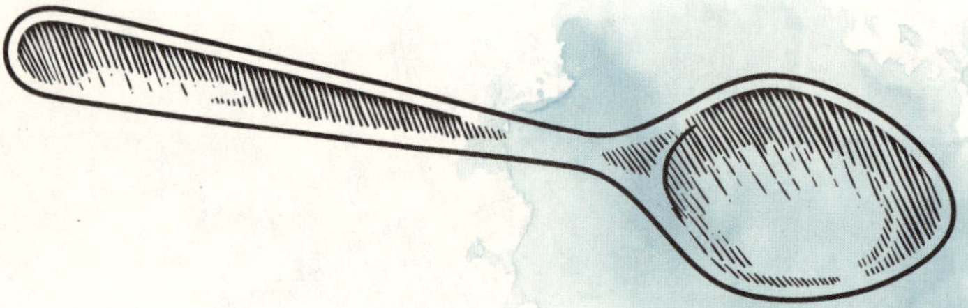

Gigi chascó la lengua. Intentó ignorarlo y se dirigió hacia el frigorífico para coger un par de chocolatinas que se guardó en el bolsillo de la sudadera.

Bien, tenía que admitirlo: era muy difícil no mirarlo. ¡Ojalá Óscar no fuera tan guapo!

Ya estaba a punto de salir de la cocina cuando la voz de Óscar la detuvo.

—¿Cómo estás?

Gigi se giró.

—¿Te interesa?

—Sí.

— Ya, claro. Y yo me lo creo, teniendo en cuenta que...

Óscar dejó la tarrina y se bajó de la encimera. Gigi tuvo que hacer un gran esfuerzo para no retroceder un par de pasos. El chico estaba más cerca de ella de lo que lo había estado desde el campamento y sus piernas empezaron a temblar.

—¿Qué? —preguntó Óscar—. ¿Teniendo en cuenta que...?

—Que me ignoraste los últimos días del campamento y luego pasaste de mí. —Gigi tomó aire y se armó de valor—. ¿Tan poco significó nuestra amistad para ti?

—Sabes que no —susurró él despacio. Y los ojos de Gigi se llenaron de lágrimas, pero se negó a derramar una sola. Ya había llorado mucho por Óscar. No iba a hacerlo delante de él.

—Pues cualquiera lo diría, ¿no crees? —No podía evitarlo: su voz había sonado tan dolida y frustrada como se sentía ella en realidad.

—¿Y lo dices tú? —preguntó Óscar. Parecía tan triste como Gigi—. Pensé que éramos amigos. ¿Y todos los momentos que pasamos juntos? La canoa, el baile, las manualidades. Todo lo que te conté, todo lo que tú me contaste —susurró—. ¡Me declaré! Y tú... pasaste de mí. Me ignoraste y luego te vi...

—¿Me viste qué? —preguntó—. ¿Dolida? ¿Intentando hablar contigo para solucionar la situación?

—Me tomas el pelo —bufó Óscar.

—¿Perdona? No te entiendo. ¡Fuiste tú quien me dejó tirada al día siguiente y el que no me abrió la puerta ni una sola vez!

—¿Por qué sería? —preguntó el chico, aunque lo dijo en voz baja y Gigi, de tan confusa como estaba, no supo qué decir. ¿A qué se refería Óscar? ¿Estaba insinuando algo?—. El caso es que eras mi amiga, Gigi —repitió, con los hombros caídos y aspecto disgustado.

Gigi se mordió el labio inferior.

—Tú también eras mi amigo —susurró ella—. Y sé que hice muy mal en no contestarte, pero... ¡estaba asustada y confundida! No quería perder lo que habíamos construido durante el campamento. Todas las risas, los momentos de complicidad. ¿Y lo de las redes sociales? Fuiste tú, junto a Ari y Rai, quien me animó a dar el paso. Fuiste de las primeras personas que confió en mí. No quería perder eso. No quería perderte y, al final, lo hice.

—Eso no... —Óscar apretó la mandíbula—. No me perdiste. Necesitaba alejarme por...

—No importa —le cortó ella. No quería escuchar más excusas. No podría soportar que Óscar le dijera ahora que ya no estaba enamorado de ella—. Voy a volver al salón con los demás.

Gigi hizo el amago de dar media vuelta, pero Óscar le agarró de la mano y la detuvo. Ella podría haberse separado. Su cabeza le gritaba que lo hiciera, que no fuera tonta, que no podía perdonarlo tan pronto, pero su cuerpo se negaba a obedecer.

—Nunca podré olvidar lo que vivimos en el campamento —dijo Óscar—. Ni un solo día de los que pasamos juntos. Cada vez que te veía por las mañanas solo podía pensar en la suerte que tenía de que nos hubiera tocado ser monitores juntos.

—¿De verdad?

—Claro. Llevaba queriendo hablar contigo tanto tiempo..., ¡pero yo parecía caerte muy mal!

—No me caías mal —dijo ella. Recordó las palabras de Bill, cuando este le echó en cara que siempre había ignorado a Óscar. Cada vez estaba más segura de que no era así; que Óscar siempre le había llamado la atención, pero que los prejuicios y pensar que no tenían nada en común le habían impedido acercarse a él antes del campamento—. Simplemente... es que no te conocía. Pero en verano lo hice. Y me caíste muy bien, Óscar. ¡Me ayudaste tanto! Y luego dejaste de seguirme. ¿Sabes la cantidad de veces que he querido escribirte estos últimos meses para contarte cómo me está yendo? Siempre quería compartir contigo mis vídeos, el maquillaje. Quería pedirte consejo, quería que me dieras tu opinión. Pero me ignoraste.

Óscar se mordió el labio inferior. No contestó a Gigi, aunque parecía estar haciendo un gran esfuerzo para mantenerse en silencio. Impaciente, ella quiso gritar. Quiso preguntarle: ¿por qué? ¿Por qué me dejaste de hablar y ahora estamos aquí, los dos solos? ¿Por qué parece que ahora sí que te importo, cuando hasta esta misma mañana fingías que no me conocías?

Pero no tuvo tiempo. Porque Óscar le acarició la mejilla con la mano libre y el corazón de Gigi pegó un brinco. Cerca, tan cerca. Óscar se inclinó sobre ella, la tomó de la mano y Gigi cerró los ojos. Seguían temblándole las piernas y decenas de mariposas revoloteaban en su estómago. Estaba nerviosa, pero no podía moverse. No quería.

Qué diferente estaba siendo este momento al beso que le robó el tonto de Bill.

Los labios de Óscar rozaron los suyos y...

—¡Gigi! —gritó alguien. Gigi pegó un brinco, asustada, y se alejó de Óscar, que parecía tan sorprendido por la interrupción como ella—. ¡Ven, corre! ¡Ha pasado algo horrible!

Gigi empalideció. Tenía un mal presentimiento.

—¿Qué? —preguntó—. ¿Qué ha...?

—Se trata de Rai —dijo el recién llegado—. Ha tenido un accidente en la piscina y no se despierta.

El mundo de Gigi se tambaleó. Agradecía que Óscar siguiera junto a ella, que sus manos siguieran entrelazadas, porque estaba segura de que, de no ser por él, se habría derrumbado.

Rai. Su Rai.

Gigi dejó de pensar. Soltó la mano de Óscar y echó a correr con un único pensamiento en la cabeza.

«Por favor, que esté bien».

Capítulo 9

DECISIONES

Rai se había caído en la piscina y había estado a punto de ahogarse. Había ocurrido tan rápido que nadie sabía nada más.

—Hemos llamado a una ambulancia y a sus padres —dijo el chico que les había dado la noticia a Gigi y Óscar. Corrían los tres juntos hacia el jardín—. Están de camino.

Gigi no contestó. Entró en el jardín y se metió en medio del corrillo que formaban sus antiguos compañeros de clase. Rai estaba tirado en el suelo, al borde de la piscina, empapado y más pálido de lo que Gigi lo había visto nunca. Ella ahogó un gemido y se lanzó sobre él. Aferró con fuerza una de sus manos y empezó a llamarle con la esperanza de que le contestara, pero su amigo no lo hizo.

Gigi lloraba y temblaba, aunque no tenía frío.

—Rai —seguía diciendo en voz tan baja que estaba segura de que nadie la escuchaba—. Rai, despierta. Por favor, tienes que despertar.

Nunca había estado tan asustada en toda su vida. Sentía la presencia de todo el mundo a su alrededor, pero le daba igual. No escuchaba ni los cuchicheos ni las voces de la gente. Solo tenía ojos para su mejor amigo. Rai respiraba tan despacito...

¿Y si le pasaba algo? ¿Y si no se despertaba? ¿Qué haría? No, tenía que hacerlo. Rai despertaría y en unas horas estarían riéndose de esto.

—Gigi —dijo Óscar, tal vez por quinta vez. No se había separado de su lado en todo este tiempo. Incluso se había quitado la chaqueta y se la había puesto por encima, aunque la temblequera de Gigi no había parado—. Ya vienen los médicos. Tienes que apartarte para que puedan trabajar.

—Pero... —dijo ella. Agachó el rostro y miró a Rai—. No puedo dejarle solo.

—No lo harás —le aseguró el chico—. Iremos juntos al hospital, ¿te parece? Te llevaré yo, tú no puedes conducir en este estado. Pero antes tienes que dejar que se lo lleven, ¿vale?

Óscar había hablado despacio, como lo haría con un niño pequeño y Gigi asintió. Se dejó arrastrar por él y observó cómo los médicos llegaban y rodeaban a Rai. Ahí tumbado en medio de tanta gente a Gigi le pareció tan pequeño... Cuando se llevaron a su mejor amigo en la camilla, el corazón se le quebró y empezó a sollozar con tanta fuerza que se tapó el rostro con las manos. Óscar la abrazó y empezó a susurrarle palabras de ánimo en el oído.

—Todo saldrá bien, Gigi. Se pondrá bien.

—¿Me lo prometes?

—Te lo prometo, Gigi. Ve a recoger tus cosas. Te espero junto a mi coche en cinco minutos.

Gigi asintió. Óscar le sonrió y le apretó los hombros como una forma de darle apoyo. Le susurró una última vez que todo saldría bien y se marchó. Ella tardó un poco más. Miró otra vez el lugar en el que antes había estado Rai y, con el corazón congelado por el terror, se encogió dentro de la chaqueta de Óscar y echó a correr hacia la casa.

Gigi esperó a Óscar durante largos minutos. Pasaron cinco, y luego diez. Para cuando llegó el cuarto de hora, estaba tan desesperada que no sabía qué hacer. ¿Le habría ocurrido algo también a Óscar? ¿Por qué no venía? Probó a llamarle por teléfono, pero el chico no contestó. Desesperada, Gigi empezó a caminar hacia su coche. Lo sentía por Óscar, pero no podía esperar más. Ya estaba sacando las llaves cuando un coche se detuvo frente a ella.

Era Alba.

—Sube —le dijo—. Te llevo.

Gigi alzó una ceja.

—¿Tú?

—La misma. Estás tan nerviosa que no creo que puedas conducir. No queremos tener dos accidentes en una sola noche.

Gigi dudó unos segundos, pero asintió. Alba tenía razón. Todavía temblaba y tenía los ojos anegados en lágrimas. No creía que pudiera llegar hasta el hospital por sí sola. Se subió en el asiento del copiloto y Alba arrancó.

Hicieron todo el recorrido en silencio. Gigi estaba demasiado preocupada por Rai y no tenía ni energías ni ganas de iniciar una conversación y, sorprendentemente, Alba parecía respetar el humor de Gigi. Si hace unos meses le hubieran dicho que estaría yendo rumbo al hospital acompañada de su examiga, no se lo hubiese creído. Claro que, al principio del día, la posibilidad de que a Rai pudiera pasarle algo ni se le había pasado por la cabeza. La vida daba muchas vueltas.

Alba dejó el coche en el aparcamiento del hospital y, juntas, se dirigieron a la recepción. Gigi no estaba segura de que les dijeran dónde se encontraba Rai, al no ser familiares, pero Alba se las apañó para que les indicaran que su amigo se encontraba en la tercera planta.

—Venga —insistió Alba. Tomó a Gigi de la mano y tiró de ella rumbo a los ascensores—. Está bien, ¿lo has escuchado? Rai está bien.

—Pero... —Gigi se mordió el labio inferior—. No han sabido decirnos nada más. No sé si está despierto o...

—Se pondrá bien —dijo Alba.

Gigi hizo una pausa.

—¿Por qué me ayudas?

Alba le retiró la mirada unos segundos.

—Porque eras mi amiga. Y te echaba de menos.

Qué tontas habían sido... ¿Tantos meses tirados a la basura, alejadas la una de la otra, solo por un chico?

—Si te sirve de consuelo —susurró Gigi—, Nic fue un novio pésimo.

Alba sonrió.

—Un poco sí.

—Dos no se pelean si uno no quiere —sentenció Gigi, y Alba apretó su mano con fuerza.

De esa forma, quedó restaurada su amistad. Quizás las cosas nunca volvieran a ser lo mismo entre ellas —todavía quedaban algunas heridas por sanar—, pero Gigi se alegraba de haberla recuperado.

Las puertas del ascensor se abrieron. Los padres de Rai estaban en el pasillo y, en cuanto vieron aparecer a Gigi, la madre de su amigo se lanzó a sus brazos y lloraron juntas.

—Lo están examinando —le dijo el padre de Rai—. Todavía no sabemos nada.

El tiempo se ralentizó. Nadie se atrevía a decir nada, de tan preocupados como estaban. Los minutos se convirtieron en horas y, cuando Gigi no podía más, las puertas del ascensor volvieron a abrirse una vez más y Óscar hizo acto de presencia. Hiperventilaba, como si hubiese venido a toda prisa, y, aunque traía otra ropa distinta a la que Gigi recordaba, no le dio tiempo a preguntar nada.

—¡Gigi! —se apresuró a decir él—. Lo siento tanto. Siento que hayas tenido que venir tú sola y...

—He venido con Alba —dijo ella, y señaló a la chica, que hizo un gesto con la cabeza a modo de saludo—. ¿Dónde estabas? ¡Te he esperado durante un cuarto de hora!

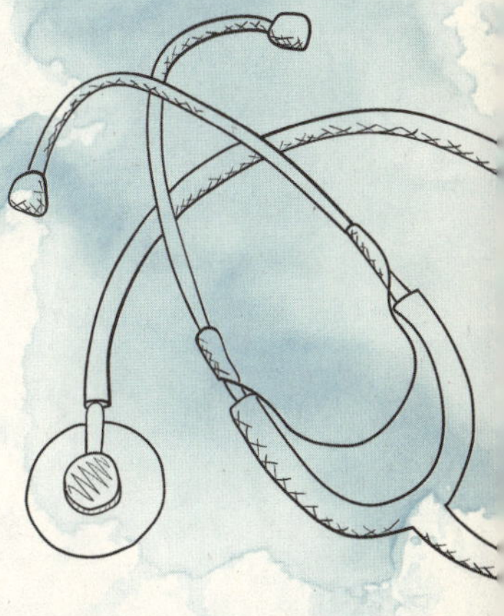

—Lo sé, y lo siento —repitió él—. Se me complicó salir de la casa y... ¿Sabes algo de Rai? ¿Cómo está?

—Nada. —Gigi negó con la cabeza y sus ojos volvieron a llenarse de lágrimas—. Estamos esperando.

Óscar torció la boca y abrazó a Gigi, que se dejó mimar y rompió a llorar. Siempre se había sentido muy reconfortada entre los brazos de Óscar, pero ahora era diferente, más intenso. Estar cerca de él la hacía sentir como en casa. Le llenaba de esperanza y le hacía pensar que tarde o temprano todo saldría bien. Se alegraba tanto de que estuviera allí con ella en el hospital...

Poco a poco, fueron llegando otros compañeros de instituto. La mayoría se acercaban a los padres de Rai a preguntar y se marchaban para no molestar, solo algunos, los más cercanos a Rai, se quedaron en el hospital. Los médicos iban y venían, pero ninguno traía noticias sobre su amigo.

Gigi y Óscar permanecieron algo alejados del resto, aún abrazados. Se habían sentado en el suelo, con la espalda contra la pared, sin apartar los ojos de la puerta de la sala en la que estaba Rai. Cuando las cosas se calmaron un poco y dejó de haber movimiento en el pasillo, a Gigi le entró el bajón y el sueño. Eran las cinco de la mañana cuando cerró los ojos y se quedó dormida con la cabeza sobre el hombro de Óscar, aunque no logró descansar nada. Apenas fueron unos minutos, los suficientes para pensar y tranquilizarse.

—Ey —saludó Óscar—. ¿Qué tal? ¿Estás mejor?

Gigi no contestó. Era obvio que no lo estaba, pero no quería preocupar más a Óscar.

—¿Y tú? ¿Has dormido algo? —preguntó. Óscar negó con la cabeza—. Creo que deberías irte. Ya casi es de día.

—No. No pienso dejarte sola.

—No estoy sola. Me quedo con los padres de Rai. Nos vendrá bien estar un rato a solas. No ha dejado de llegar gente en toda la noche.

—Pero...

—Óscar, te agradezco mucho que hayas venido, pero... necesito estar sola. Son muchas emociones. Lo de la cocina y ahora esto... No puedo pensar en otra cosa que no sea Rai. Ahora mismo, mi mejor amigo es mi prioridad. Además, a ti también te vendrá bien descansar.

Óscar guardó silencio unos segundos, como si estuviera sopesando las palabras de Gigi. Al final, asintió.

—No quiero irme, pero está bien. Serán solo unas horas, ¿de acuerdo? Me iré a casa a dormir y luego vendré otra vez. ¿Quieres que te traiga algo? Comida, ropa, no sé. ¿Aviso a tus padres? No los conozco, pero...

—No te preocupes. He llamado a Ari y ella ya ha puesto al corriente a mis padres. Todo está bien. Puedes irte, no te preocupes.

Óscar no parecía muy convencido. No obstante, lo aceptó. Se levantó y ayudó a Gigi a incorporarse y, tras abrazarla otra vez, se alejó y se metió en el ascensor.

Los otros amigos de Rai fueron marchándose uno a uno, prometiendo que regresarían en unas horas. Alba también se fue poco después que Óscar, no sin antes asegurarle a Gigi que le traería ropa para que pudiera cambiarse.

—Gracias —dijo Gigi enternecida—. Por todo lo que has hecho hoy por mí.

Alba le quitó hierro al asunto.

—Tú habrías hecho lo mismo.

Sí, era cierto. Pero Gigi tenía que admitir que nunca pensó que Alba también pensara en ella después de tanto tiempo.

A eso de las ocho de la mañana, en el hospital solo quedaban Gigi y los padres de Rai. Fue entonces cuando recibió un mensaje de un número desconocido.

Extrañada, Gigi abrió la conversación. Solo había una foto.

Una foto que le rompió el corazón.

En ella salía Óscar. Estaba dentro de una piscina junto a otros chicos, aparentemente pasándoselo en grande porque parecía que le estaba haciendo una aguadilla a un amigo. Gigi reconoció la piscina enseguida —la misma en la que Rai había estado a punto de morir— y se fijó en el color del cielo. Oscuro, justo como estaba cuando ella había estado esperando tanto tiempo junto al coche.

¿Por eso había llegado tarde? ¿Esa era la «complicación» de la que le había hablado? ¿Por eso no contestaba sus llamadas? ¿Por eso se había cambiado de ropa? Claro, tenía sentido. Qué tonta había sido. Se había alegrado tanto al verlo que había bajado la guardia en la cocina. Incluso habían estado a punto de besarse y... ¿para qué? Óscar había vuelto a jugar con ella como lo hizo en el campamento. Primero le creaba ilusiones y luego le demostraba que, para él, Gigi no era más que un juego.

No pudo evitarlo: le reenvió la foto a Óscar sin decirle nada más y apagó el móvil. Empezó a sollozar, ya no solo por Rai, sino por ella, porque se sentía sola y tonta y asustada y Óscar le había demostrado que no era el chico del que se había enamorado. Ahora lo sabía: jamás estarían juntos.

La puerta de la sala se abrió y apareció un médico ante ellos.

—Doctor —dijo la madre de Rai. Parecía desesperada y tenía el rostro desencajado—, dígame, ¿qué tal está mi hijo?

El doctor miró a Gigi y a los padres de Rai con tanta tristeza que ella dejó de sentir el suelo bajo sus pies. Ya se temía lo peor cuando dijo:

—Hemos conseguido estabilizarlo, pero me temo que está en coma. No sabemos cuándo despertará.

Gigi había pensado que no podría sentirse peor que como lo había hecho durante esta larga noche, pero se equivocó. Porque jamás había sentido tanto dolor como ahora. Nunca había llorado tanto, nunca había tenido tantas ganas de oír una de las bromas de Rai como en este momento.

Y ahora no sabía cuándo volvería a escuchar su voz. No sabía cuándo volvería a acompañarlo a la biblioteca, cuándo volverían a estar los tres juntos: Ari, Rai y ella.

Gigi se derrumbó. Se dejó caer en el suelo y lloró. Lloró como nunca había llorado. Por Rai, por sus padres, que lloraban como ella, por Óscar.

Nada volvería a ser lo mismo después de esta noche. Gigi no tenía fuerzas para volver a casa y seguir actuando como si nada hubiera pasado. No podría llegar a su siguiente turno de trabajo en el restaurante como si su mejor amigo no estuviera en el hospital y como si no le hubieran roto el corazón.

Necesitaba tiempo. Tiempo para ella, para estar junto a Rai y su familia, para sanar y volver a confiar en la gente. Así que tomó una decisión: dejaría el restaurante y, a partir de ahora, se centraría en acompañar a Rai hasta que este despertara. Porque lo haría.

—Se despertará —dijo en voz alta para que los padres de Rai la escucharan y, sobre todo, para que sus palabras sirvieran como un ancla a la que poder aferrarse ahora que lo veía todo tan oscuro—. Rai es fuerte. Despertará.

«Y yo estaré ahí cuando lo haga», pensó.

Capítulo 10

VIDA NUEVA

Óscar intentó ponerse en contacto con Gigi varias veces a lo largo de ese día. La primera vez fue cuando Gigi regresó a casa después de haber pasado la noche en el hospital.

El chico estuvo llamándola durante una hora, hasta que ella no lo soportó más y le bloqueó. La segunda fue a través de Instagram. Esa misma tarde, le mandó un MD.

@oscarito.3

Gigi, por favor, escúchame.
No es lo que crees.
Puedo explicártelo todo.
Fueron mis amigos. Yo iba de camino al hospital cuando me empujaron y

Gigi dejó de leer. No quería que Óscar le contara más mentiras. Estaba agotada. Se había pasado la noche en vela y nunca se había sentido peor en toda su vida. Ya no solo Ari estaba lejos, sino que ahora también había perdido a Rai. No podía más, así que lo bloqueó también en Instagram.

Se acabó el amor para ella.

Tal y como había decidido, al día siguiente Gigi dejó el restaurante. Su jefe y sus compañeros intentaron que recapacitara, e incluso le ofrecieron un aumento de sueldo, pero ella lo rechazó. No les habló sobre el accidente de Rai, pero sí que les dijo que necesitaba tiempo para ella, para poner en orden su vida y, tras varias horas de reunión, al final su jefe lo entendió.

—De todas formas —le dijo mientras la acompañaba hasta la salida—, aquí siempre tendrás un lugar al que volver, en el caso de que lo necesites.

—Aunque no lo creemos —añadió una de sus compañeras con una sonrisa—. Todos estamos seguros de que te esperan cosas grandes, Gigi.

Los ojos de Gigi se llenaron de lágrimas. Solo había pasado unos meses en el restaurante, pero se sentía como si dejara atrás una parte de ella. Su jefe había sido la primera persona en darle una oportunidad con todo el tema de las redes sociales y sus compañeros la habían ayudado con los bailes y el contenido.

—Gracias —dijo muy emocionada—. Por todo. He aprendido mucho.

Uno a uno, jefe y compañeros se despidieron de ella entre abrazos y palabras de ánimo y Gigi salió del restaurante con el corazón en un puño. Sabía que había tomado la decisión correcta, pero dolía igual.

Cada día desde el accidente de Rai, Gigi seguía la misma rutina: por las mañanas ayudaba en casa y subía contenido a redes sociales —sus padres no le hubieran dejado quedarse de brazos cruzados— y, por las tardes, iba a ver a Rai. Su amigo seguía en coma y, aunque Gigi sabía que no se despertaría pronto, ella le hablaba de todo.

—El otro día contactó conmigo una marca —le dijo esa tarde, casi un mes después de haber dejado el restaurante—. Es la primera vez que me pasa. ¿Te lo puedes creer? Es de maquillaje. Ojalá pudieras ver lo mucho que he mejorado. Cada día preparo algo nuevo. Ari dice que, si quisiera, podría ser maquilladora profesional. Oh, ¿echas de menos a Ari tanto como yo? Me ha dicho que se pasará a verte estas vacaciones. Estoy deseando que volvamos a estar los tres juntos. Por eso tienes que despertar, Rai. ¿O quieres que Ari se meta contigo porque eres un vago y te pasas todo el día tumbado?

Su amigo no hizo ni un solo gesto, pero a Gigi no le importó. Apretó su mano con cariño.

Era tan extraño tenerlo ahí, pero no poder escuchar sus bromas...

Después de esa primera propuesta de colaboración llegaron muchas otras. Al principio solo eran marcas de maquillaje, pero un día Gigi decidió subir a redes una receta que aprendió a hacer en el restaurante y gustó tanto que una marca le envió un lote de productos para probar. Hizo la cata en directo, y recibió muchos comentarios de gente que le pedía que hiciera más vídeos del estilo. Fue así como empezó a diversificar el contenido: un día subía *post* de maquillaje, otros días subía vlogs, los viernes hacía directos, una vez a la semana tocaba una ronda de preguntas y respuestas por *stories*, *challenges* que veía en internet... Aprovechó que Ari había vuelto de Londres por unos días para grabar contenido con ella. A todos les pareció tronchante la broma que le gastó. Cada vez tenía más seguidores. ¡Y tenía el móvil petado de notificaciones! Era increíble.

Un día, cuando estaba haciendo la compra en el supermercado, se le acercaron un par de chicas.

—Hola, perdona, ¿eres Gigi? —le preguntó una de ellas.

Al principio, Gigi no supo qué contestar. Tenía un paquete de pasta fresca entre las manos y había bajado sin peinar. Menos mal que le daba igual salir de cualquier forma fuera de casa, porque

si no ¡se habría muerto de vergüenza! Era la primera vez que la reconocían por la calle.

—Eh, sí.

—¡Qué fuerte! ¿Nos podemos hacer una foto?

Gigi sonrió emocionada.

—Claro.

Las chicas pegaron un gritito y sacaron el móvil. Gigi se hizo media docena de fotos con cada una y se quedó hablando un buen rato. Les preguntó por los estudios, cómo la habían conocido y qué contenido era el que más les gustaba. Llegó a casa una hora más tarde.

—¿Dónde te habías metido? —le preguntó su madre.

—No te lo vas a creer: ¡me han parado para pedirme fotos!

—¿En serio?

—Muy fuerte, ¿verdad?

Su madre no contestó. No obstante, a Gigi no se le pasó por alto la mueca de sus labios.

Había veces en las que le daba la sensación de que sus padres se hacían a la idea de que este era el camino que había escogido y sentía que la apoyaban. Por ejemplo, a veces su madre salía en los vídeos que hacía de cocina. En cambio, otras veces, como esta, Gigi estaba segura de que la juzgaban. De que no terminaban de sentirse cómodos con su trabajo, como si hubiera una lucha

interna en su interior. Lo entendía, en cierto modo. Sus padres siempre habían querido que ella fuera a la universidad. Se imaginaba que una parte de ellos esperaba que lo de las redes fuera solo una fase, pero ahora que estaban viendo que no, que Gigi era buena y que la gente la seguía, tenían sentimientos encontrados.

Esa no fue la primera vez que pararon a Gigi por la calle. Poco después, lo hicieron en una cafetería a la que había ido con su madre. Y otro día ocurrió cuando estaba sacando a su perrita. ¡Era tan surrealista! La gente la etiquetaba en fotos y le enseñaban vídeos en los que imitaban sus maquillajes o hacían las recetas que ella compartía.

—Eres toda una celebridad —le dijo Ari una tarde en una de sus habituales videollamadas—. Qué fuerte, Gigi.

—No soy una celebridad —contestó ella—. No exageres.

—Y tú no minimices tus logros. ¿O acaso no te han invitado a un evento la semana que viene?

Era cierto. Una marca conocida de maquillaje le había propuesto participar en un *photocall* y probar la nueva línea que saldría a la venta en primavera. Gigi estaba de los nervios. Había pedido cita en la peluquería y se había ido de compras en busca del mejor *outfit*. Todavía no se lo creía.

—No quiero que se me suba a la cabeza —le dijo a Ari.

—Y no se te subirá. De hecho, creo que eres demasiado humilde. ¡Todo esto lo estás consiguiendo con mucho esfuerzo! ¿No te sientes orgullosa?

—Sí —admitió ella—. Hay días en los que esto es tan difícil que quiero rendirme. Días en los que no tengo ganas de subir ningún *post*. Días en los que estoy triste, en los que pienso en Rai y me entran ganas de llorar. Pero, aun así, lo hago, es mi trabajo. Me lo estoy tomando en serio y, no sé, creo que soy buena. *Sé* que soy buena.

—¡Pues empieza a creértelo más! —dijo Ari, enfatizando cada palabra. Desde luego, era la fan número uno de Gigi—. Por cierto...

—Oh, oh. No me gusta nada ese tonito.

—¿Sigues cerrada al amor? Porque he visto que te comentan muchos chicos con corazoncitos y fueguitos y...

—No —cortó Gigi—. Por supuesto que sigo cerrada al amor, Ari. ¡Tengo mucho trabajo! No tengo tiempo para citas.

—Vale. —Su amiga hizo una pausa—. ¿Seguro que es por eso y no porque aún sigues enamorada de...?

—Sí —se apresuró a decir Gigi—. Esto no tiene nada que ver con Óscar. Por supuesto que lo he olvidado. Es historia.

Ari no parecía muy convencida, pero no siguió insistiendo con el tema. Y Gigi lo agradeció. En realidad, había días en los que aún pensaba en él; días en los que le dolía lo que hizo y en los que anhelaba el futuro que hubieran tenido juntos si no se hubiera fastidiado todo. En cambio, otras veces recordaba lo mucho que le dolió lo que ocurrió mientras ella estaba en el hospital, las mentiras que Óscar le había dicho, y su corazón se congelaba.

Pero era más sencillo decir que no tenía citas porque estaba ocupada, antes que admitir que todavía no podía olvidarlo.

Rai despertó a principios de primavera.

Gigi estaba grabando un par de tiktoks cuando su móvil empezó a vibrar. Eran los padres de su amigo. En cuanto le dieron la noticia, Gigi condujo al hospital. Su mejor amigo aún estaba en la cama, pero ahora permanecía erguido. Había perdido mucho peso durante estos últimos meses. Tenía la piel pálida y parecía agotado.

—Gigi —le dijo con la voz ronca por no haberla usado en mucho tiempo—. Hola.

Gigi rompió a llorar y se lanzó a sus brazos. Tuvo cuidado con la vía y evitó apretar muy fuerte para no hacerle daño.

—¿Solo eso? ¿Un «hola» y ya está?

—¿Qué quieres que te diga? —preguntó Rai con una sonrisa—. ¿Menuda siestecita que me he echado?

De no ser porque aún estaba convaleciente, Gigi le habría golpeado en el brazo.

—Eres un... ¡idiota! —exclamó, aunque no podía dejar de sonreír—. ¿Sabes el susto que nos has dado a todos? No, no lo sabes porque eres un inconsciente. ¡Pensé que te perdía! Han sido unos meses tan... —Ni siquiera le salían las palabras. Volvía a llorar y Rai le limpió las lágrimas con la mano.

—Lo siento mucho —susurró mucho más serio de lo que Gigi jamás lo había visto. Era sincero. Rai siempre sentiría haberlos preocupado a todos de esa forma—. Gracias por venir a verme todo este tiempo.

—Pues claro que sí. ¿Con quién si no iba a desahogarme? Creo que es la primera vez en toda nuestra amistad que me escuchas sin interrumpirme.

Rai se echó a reír, aunque luego se quejó de que le dolía la cabeza y le echó la culpa a Gigi por hacer bromas. Discutieron un poco, como en los viejos tiempos, sin estar enfadados de verdad, hasta que llegaron los padres de Rai y le dijeron a Gigi que su hijo tenía que descansar.

—Volveré mañana para verte, ¿vale?

—Si no queda más remedio... —dijo Rai.

Gigi le sacó la lengua a modo de despedida.

Estaba más contenta de lo que había estado estos últimos meses. No podía dejar de sonreír y de llorar de alegría, y Ari compartió su entusiasmo cuando Gigi la llamó aquella tarde para contarle las buenas noticias.

—Haré una visita rápida este fin de semana. Alguien tiene que regañar a ese tonto —le dijo Ari, y eso hizo.

Por primera vez desde que su amiga se había mudado a Londres, Gigi, Ari y Rai pasaron una tarde juntos entre risas, bromas, anécdotas y recuerdos. Fue uno de los mejores días de la vida de Gigi.

Gigi dejó de subir contenido en redes desde ese momento. Quería centrarse todo lo posible en la recuperación de Rai y asegurarse de que su amigo no pasaba por todo el proceso solo. Como había pasado meses en coma, había perdido masa muscular y tenía que empezar a caminar poco a poco. Fueron un par de semanas algo lentas y desesperantes, especialmente para su amigo. Rai siempre había sido un chico muy jovial y verse con la movilidad tan reducida y con tan poca energía le afectó mucho. Gigi intentaba animarle como mejor podía, pero a veces Rai se echaba a llorar y lo único que podía hacer era abrazarle y prometerle que todo saldría bien.

Era difícil mantener el ánimo arriba todo el tiempo. Gigi, aunque se alegraba muchísimo de la recuperación de Rai, había días en los que también tenía ganas de llorar. Sentía que le faltaba algo, como si fuera a la deriva y no terminara de encontrar su lugar en el mundo.

Una noche, sus padres llamaron a la puerta de su habitación y se sentaron en la cama junto a ella. Era una situación tan rara que Gigi se puso alerta. Sus padres no solían entrar en su cuarto.

—¿Ha pasado algo? —preguntó asustada.

—No, cariño, no te preocupes —la tranquilizó su padre.

—Gigi —continuó su madre, despacio—. Tu padre y yo hemos estado hablando y...

—Has perdido la chispa, cariño.

Gigi alzó una ceja, confusa.

—¿Qué?

—Hace días que no sonríes. —Su madre apoyó una mano en la rodilla de Gigi—. Solo vas al hospital con Rai. Y, aunque nos enorgullece que te preocupes tanto por tu amigo, también estamos muy preocupados. No puedes pausar tu vida de esa forma.

—Pero Rai me necesita y...

—¿Y tú? —preguntó su padre—. Tú también te necesitas, cariño. ¿Has visto lo que has conseguido en estos meses? Tienes muchísimo talento.

—¿Qué?

—Sentimos no haberlo visto antes —continuó su madre—. Para nosotros era muy difícil entender todo lo de las redes sociales. Pensábamos que era solo un *hobby*, pero después de verte esforzarte tanto cada día nos hemos dado cuenta de que no, de que es tu futuro, cielo. Vales tanto, Gigi. Eres especial. Conectas con la gente. Y tienes que seguir, es tu sueño y no puedes dejarlo.

Los ojos de Gigi se llenaron de lágrimas. No podía creerse que sus padres le estuvieran diciendo esto, después de todo por lo que habían pasado. Era increíble que estuvieran sentados junto a ella, diciéndole lo que siempre había querido escuchar: que la apoyaban y la entendían y que respetaban el camino que había decidido para ella misma.

—Papá, mamá —susurró emocionada—. Gracias. Muchas gracias.

Su madre tenía los ojos llorosos como ella y su padre sonrió. Gigi les envolvió en un fuerte abrazo, tal vez el más sincero que se habían dado nunca.

Tenían razón. No podía abandonarse de esa manera. Así que a la mañana siguiente de la conversación con sus padres, Gigi volvió a las redes. No dejó de visitar a Rai, por supuesto, pero sí que aprovechó cada segundo libre de su día para crear contenido.

Los seguidores de Gigi se alegraron mucho cuando volvió a publicar *posts* y vídeos. Al principio le costó un poco retomar la rutina, pero en unos días las ideas se desbordaban. Los seguidores seguían creciendo, siempre de forma constante. Gigi cada vez recibía más apoyo y eso la motivaba a continuar creando nuevos retos, maquillajes ¡y hasta pasos de baile!

Entonces, una mañana, Gigi se levantó con un correo electrónico que cambiaría su vida para siempre.

Una oferta de trabajo relacionada con el mundo de las redes en Andorra.

Capítulo 11

UN ENCUENTRO INESPERADO

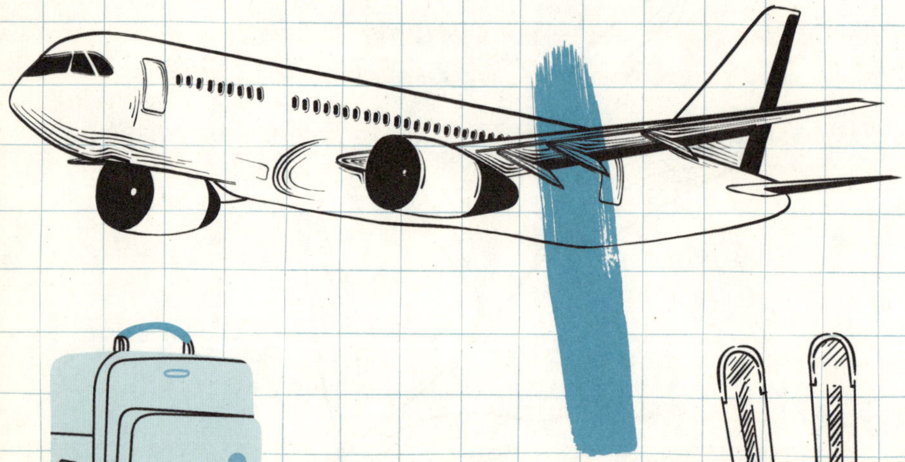

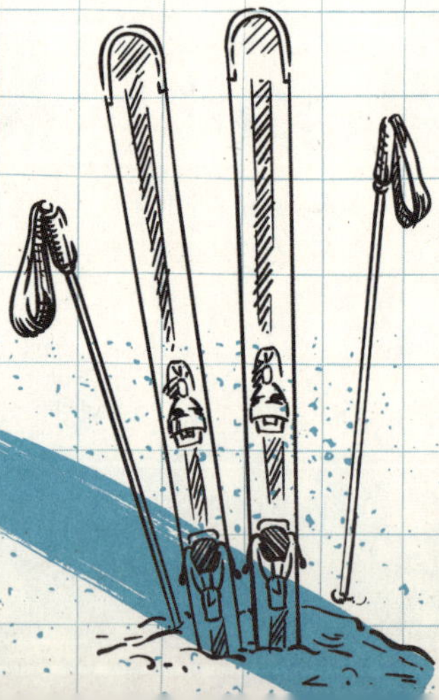

Gigi tardó más de una semana en tomar la decisión de mudarse a Andorra.

Su primer instinto fue rechazar la propuesta. Nunca había vivido fuera de casa y le daba un miedo terrible. No el hecho de irse —Gigi era muy independiente—, sino de dejarlo todo y poner rumbo a lo desconocido. ¿Cómo iba a mudarse a otro país sola? Pero lo habló con sus padres y sus amigos y todos insistieron en que era una oportunidad única que no podía rechazar. Y, en el fondo, más allá de la incertidumbre, una parte de ella estaba muy emocionada. Así que, tres semanas después de recibir el correo electrónico, Gigi se montó en el avión que la llevaría a su nuevo hogar.

¡Y menudo hogar! La casa que le había cedido la agencia era tan grande que Gigi tuvo que alzar el cuello para contemplar la fachada entera.

—Guau —dijo su madre. Los padres de Gigi la habían acompañado para ayudarle con la mudanza—. Es enorme, hija.

—¿Todo esto es para mí?

—Pues claro que sí. —Su padre cargaba con dos maletas hasta arriba de ropa y maquillaje que Gigi necesitaba para hacer sus vídeos—. ¿Cuántas habitaciones crees que tendrá?

La casa tenía tres dormitoritos y dos cuartos de baño. Gigi no sabía qué iba a hacer con tanto espacio. Estaba segura de que no tenía tantas cosas hasta que se dio cuenta de que le vendría bien tener una sala en la que poder guardar todo el maquillaje y otra sala en la que poder grabar los bailes.

—Es como si la agencia lo hubiera pensado todo —susurró.

—Lógico —le dijo su madre—. Al fin y al cabo, han seguido tu trayectoria todo este tiempo y saben qué es lo que necesitas. ¿No te parece increíble?

Gigi sonrió. Ahora que por fin estaba allí, empezaba a creerse de verdad que esta sería su nueva vida. La emoción le calentó el pecho.

—Lo es. ¡Es muy fuerte!

Su madre le devolvió la sonrisa, aunque no tardó en ponerse en modo autoritario y a organizar un poco la casa.

«Bueno, hay cosas que nunca cambian», pensó Gigi divertida.

Sus padres se quedaron con ella una semana más, hasta que la empresa de mudanzas terminó de llevar las cajas con todas las pertenencias de Gigi. La casa estaba amueblada, pero Gigi quería darle su propio toque, así que también la acompañaron a comprar algunos elementos de decoración y le dieron instrucciones para que aprendiera a vivir por sí misma. Gigi no las necesitaba —en casa, siempre se repartían las tareas—, pero, como supuso que sus padres necesitaban volver a Barcelona sintiéndose seguros de que se las apañaría, les dejó hacer.

El momento de la despedida fue más duro de lo que esperaba. Aunque Gigi se moría de ganas de empezar a trabajar, también sabía que una parte de ella siempre se quedaría en su antiguo hogar. Había llegado el momento de convertirse en una adulta, pero no quería perderse a sí misma ahora que su carrera estaba despegando.

—Mi niña. —Su madre la abrazó bien fuerte—. Estamos tan orgullosos de ti...

Gigi lloraba. Era un sentimiento agridulce. Por un lado, las ganas de vivir esta aventura; por otro, la tristeza.

—Os echaré de menos —les dijo.

—Nosotros también a ti. —Su padre se unió al abrazo y los tres lloraron como si no fueran a volver a verse nunca más.

Cuando el avión de sus padres despegó, Gigi volvió a casa e hizo un *house tour* en directo. Se conectaron tantas personas y le hicieron tantas preguntas que se quedó sin tiempo. Ya estaba despidiéndose cuando empezó a recibir un montón de comentarios.

—¡Deberías abrirte un canal de YouTube!

—¡Sí!

—¡Ojalá! ¡Sería increíble!

—¡Sí, Gigi, por favor! ¡Queremos verte en YouTube!

Gigi dudó. Mentiría si dijera que no se le había pasado por la cabeza la idea, especialmente porque sí que era cierto que en redes como Instagram y TikTok el formato a veces se le quedaba corto, pero nunca se le ocurrió que la gente quisiera escucharla y verla durante tanto tiempo.

Como ahora Gigi estaba representada por una agencia y era precisamente esta la que le estaba organizando todos los eventos y trabajos que tendría durante los próximos días, lo consultó:

—¡Nos parece una idea estupenda! —le contestó una de sus representantes, una joven de unos treinta años con la que Gigi hablaba muy a menudo para gestionar la mudanza—. Seguro que te irá genial.

Gigi no lo tenía tan claro, pero el día que siguió a la partida de sus padres se abrió un canal de YouTube y empezó con un directo a modo de presentación. Hacerse a una red social nueva es algo complicado, pero Gigi recibió mucha ayuda tanto por parte de la agencia como de sus seguidores y, día tras día, fue pillándole el truquito a los vídeos. Tras darle muchas vueltas, decidió enfocar el contenido de YouTube hacia el *lifestyle* y dejar TikTok e Instagram más a la improvisación y naturalidad.

—¿Lo has visto? —preguntó Ari una tarde en la que estaban haciendo su habitual videollamada—. Hay un chico que te comenta todo el rato.

—¿Alejandro? —preguntó Gigi—. Lo sé. Somos amigos.

—¿Solo? —preguntó Rai. Se estaba recuperando a buen ritmo y había vuelto a ser el bromista habitual—. Esos fueguitos no son muy amistosos que digamos...

—No seáis tontos. Siempre veis tema donde no lo hay.

—Es muy mono —continuó Ari—. ¿Seguro que entre vosotros no hay nada? Porque en esta foto se os ve muy acaramelados...

—¡Estábamos en un *photocall*!

—¿Y era necesario que él te pasara la mano por la cintura? —dijo Rai.

—Sois imposibles —se rindió ella. Si a sus amigos se les metía algo en la cabeza, era imposible llevarles la contraria.

—Vaaaale. —Ari puso los ojos en blanco ante la mueca de Gigi—. Solo digo que parecéis más que amigos y que, si te gusta, deberías ir a por él. A no ser que todavía no hayas olvidado a...

—No es por él —cortó Gigi, cansada de que Óscar siempre saliera a colación en este tipo de conversaciones—. ¿Es que no puedo tener amigos chicos sin que queráis que me case con ellos?

Rai soltó una risa divertida.

—Perdón, tienes razón. Pero ¿y él? ¿Sabe que no tiene ninguna posibilidad?

«Claro que sí», quiso decir ella, pero ya le habían dado tantas vueltas al tema que no quería alargar más el cotilleo. Así que en su lugar bufó y cambió el rumbo de la conversación.

Al contrario de lo que insistían en pensar Ari y Rai, Gigi solo veía a Alejandro como a un amigo. Sí, era un chico muy guapo y gracioso, pero nunca se había planteado nada con él. Habían coincidido en varios eventos cuando aún vivía en Barcelona y ahora que ambos estaban en Andorra solían quedar muy a menudo para tomar algún café. Se sentía muy sola desde que había dejado atrás a su familia y su país. Además, Andorra era un lugar muy pequeño y conocer gente nueva era muy complicado. Por eso, era agradable tener amigos dentro del mundillo de las redes. Con ellos podía desahogarse y hablar de temas que sus amigos del instituto o su familia no entendían. Por eso, a Gigi le sorprendió tanto cuando una tarde, Alejandro le dijo:

—Tengamos una cita.

Gigi parpadeó, con el móvil aún cerca de la oreja.

—¿Qué?

—Una cita. Tú y yo. ¿Qué te parece?

«Pues mal», quiso decir ella, pero se lo pensó mejor. Recordó la insinuación de Ari acerca de que todavía no había olvidado a Óscar, y se mordió el labio inferior. ¿Y si su amiga tenía razón? ¿Y si todavía seguía pensando en él? Qué tontería, después de tanto tiempo.

—Está bien —dijo finalmente. Al otro lado de la línea, Alejandro soltó un sonidito que iba a medio camino entre el suspiro de alivio y la risita incrédula. Gigi no pudo evitar sonreír—. ¿Te parece bien este sábado?

—¡Genial! Quiero decir... —El chico carraspeó, como si intentara mantener la compostura—. ¿Te paso a recoger a las nueve?

—Perfecto.

Se lo merecía, ¿verdad? Pasar página, olvidar de una vez por todas a Óscar. Al fin y al cabo, él y Gigi nunca fueron nada. Todavía dolía recordarlo. Todavía le hacía latir el corazón de manera acelerada, pero ya no más. Salir con Alejandro era la oportunidad que necesitaba para dejar de pensar en Óscar para siempre.

Alejandro fue puntual: se presentó en casa de Gigi a las nueve en punto y a las nueve y media ya estaban sentados en la mesa de un restaurante con vistas a las montañas nevadas.

—No sabía qué te gusta —empezó el chico. Se notaba que se había esforzado para la ocasión, porque llevaba el pelo negro engominado y olía mucho a perfume—, pero en este sitio sirven de todo, así que he pensado que...

—No pasa nada. —Gigi sonrió. Ella no le había dado muchas vueltas a su *outfit*. Vamos, que ni siquiera se había molestado en ponerse unos tacones. Si Ari la hubiera visto así vestida, seguro que le habría gritado con indignación—. No soy una persona muy quisquillosa con la comida.

Alejandro suspiró, aliviado, y ambos guardaron silencio durante unos minutos en los que Gigi aprovechó para echarle una ojeada al menú. El chico tenía razón: la carta era amplísima. Tenía todo tipo de platos, desde comida italiana a japonesa. ¡Qué difícil sería elegir!

—¿Quieres probar los macarrones con queso? —preguntó Alejandro, y el corazón de Gigi pegó un brinco—. ¿Qué? ¿No te gustan?

—No es eso. Es que...

Esa era una de las comidas que más les gustaban a Óscar y a ella en el campamento. No. Estaban descartados.

Al final Gigi pidió un filete con salsa y patatas. Alejandro se decantó por sushi y empezó a contarle una anécdota sobre un viaje que hizo a Japón y que... Gigi desconectó. Alejandro era increíble como amigo, pero pronto Gigi se dio cuenta de que no tenían nada en común más allá de sus trabajos, así que solo hablaron de eso. Gigi tenía que admitirlo: estaba siendo una cita un poco aburrida. Seguro que con Óscar esto no le hubiera pasa...

Un momento, ¡no! No podía seguir pensando en él. Aunque, claro, es que con Óscar siempre se reía tanto...

Para cuando terminó la cita, Gigi ya tenía más que claro que entre ella y Alejandro no había química. Sí, funcionaban muy bien como amigos, pero nada más.

—¿Te lo has pasado bien? —le preguntó Alejandro. Le había acompañado hasta la puerta de su casa y ahora permanecía parado a su lado, a la espera.

—Claro, pero... Lo siento mucho, Alejandro. Aunque me encantaría corresponder tus sentimientos, yo no...

Alejandro hizo un puchero resignado.

—Lo suponía. ¿Es por mí?

—No. Es que... No se lo digas a nadie, pero creo que sigo enamorada de un chico.

—Oh, vaya. ¿Y él te dejó escapar? Menudo tonto.

Gigi sonrió, halagada.

—Gracias por haberme invitado hoy. ¿Seguimos siendo amigos?

—Eso siempre, Gigi.

Se despidieron con un par de besos y abrazos y Gigi entró en casa. Ojalá fuera tan fácil enamorarse. No era justo. Estaba segura de que Óscar ya la había olvidado, así que ¿por qué ella no podía dejar de pensar en él?

Un par de semanas después de su cita con Alejandro, Gigi tenía una promo en una estación de esquí. Había esquiado antes cuando aún vivía en Barcelona, pero nunca se le había dado especialmente bien. No obstante, no le preocupaba. Lo único que tenía que hacer era bajar por la pista varias veces para lucir la ropa de la marca que la había contratado. Desde que se había mudado a Andorra había hecho varios vídeos de este estilo, pero siempre le sorprendía lo profesional que era todo. Junto a ella había todo un equipo con cámaras y personal de seguridad. La promo se grabaría en vertical para que pudiera usarse en redes sociales y Gigi se sentía como si estuviera grabando una película.

—¿Preparada? —le preguntó el director.

Gigi se colocó las gafas de esquí sobre la nariz y alzó el pulgar. Le latía el corazón muy fuerte cuando se acercó al borde de la pista y miró hacia abajo. Era una mezcla entre emoción y nervios por hacerlo todo bien.

Cuando el director gritó «¡acción!» Gigi se impulsó hacia delante y empezó a descender por la montaña. Para que todo fuera más natural la marca había tomado la decisión de no cerrar la estación de esquí, así que, aunque habían empezado a grabar a primera hora para evitar multitudes, había una docena de personas que la observaban con curiosidad. Gigi decidió tomárselo como un reto: zigzagueó en la nieve y se concentró en interpretar bien su papel. Ya estaba a punto de llegar a la parte de abajo —donde había otro cámara enfocándola— cuando perdió el equilibrio y se cayó.

—Ah, qué mal —mascculló algo frustrada. Había estado tan cerca de hacerlo bien a la primera… Pero llevaba demasiado tiempo sin esquiar. Era lógico que se hubiera oxidado un poco—. ¡Estoy bien! —dijo para que nadie del equipo se preocupara. Hizo el amago de levantarse, pero alguien se interpuso en su rango de visión.

—¿Necesitas ayuda?

Esa voz...

Gigi alzó el rostro y soltó un jadeo sorprendido.

Era Óscar.

—¿Qué...? —intentó decir. Seguro que estaba teniendo una visión. Era imposible que Óscar estuviera parado frente a ella—. ¿Qué haces...?

No pudo seguir. Óscar tendió la mano hacia ella y Gigi perdió el habla. Tenía la sensación de estar viviendo un déjà vu. La situación era muy parecida a ese día en el campamento, cuando ella se cayó en la montaña y Óscar la llevó a caballito. En aquel entonces no lo sabía, pero ese fue el momento en el que se enamoró de él.

Era demasiado doloroso recordarlo, así que Gigi ignoró la ayuda que le ofrecía Óscar y se levantó por su propio pie.

—No necesito que me salves —dijo cortante. Óscar hizo una mueca, como si Gigi le hubiera hecho daño. Entonces, se fijó en que llevaba el uniforme del personal de la pista—. ¿Qué haces aquí?

—Te he visto caer y pensé que necesitabas ayuda. Ah, te refieres a qué hago en Andorra, ¿no? Trabajo aquí.

Gigi no quería saber nada. Negó con la cabeza.

—Tengo trabajo que hacer —dijo todavía sin terminar de reponerse de la sorpresa.

—Pero, Gigi... Necesitaba hablar contigo. Quería...

—Basta, Óscar —suplicó ella. Si seguía hablando, Gigi lo creería y volverían a empezar. Estaba cansada de lo mismo—. Por favor, no...

—Aquí estás —dijo uno de los encargados de la seguridad. Miró a Gigi y Óscar alternativamente—. ¿Es un amigo?

—No —susurró ella con dolor—. No lo es.

—Vale. Gigi, tenemos que seguir con la promo. Si no te molesta...

—Pero... —intentó decir Óscar. No sirvió de nada. El chico de seguridad le pasó una mano a Gigi por la espalda y ella no opuso resistencia. Se negó a mirar una última vez a Óscar y se alejó de él.

Era lo mejor..., ¿verdad?

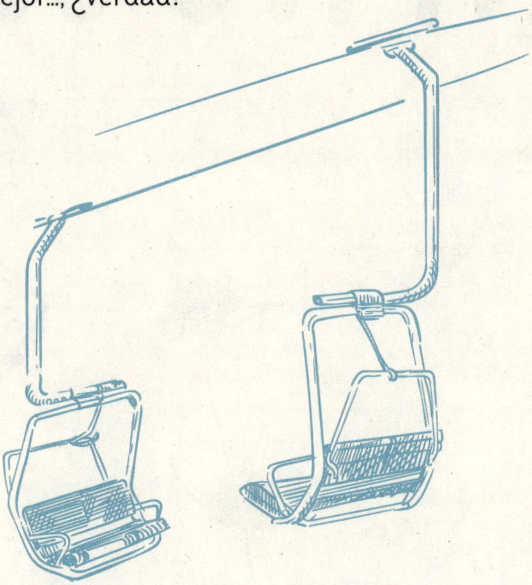

Capítulo 12

¿SOLO AMIGOS?

Gigi no podía quitarse de la cabeza el encuentro con Óscar.

Había terminado la promo con un esfuerzo enorme. Había tenido que repetir cada toma varias veces y, aun así, no se había quedado satisfecha con el resultado. Estaba segura de que podía haber hecho más y no pudo quitarse de encima esa sensación ni después de bañarse y haberse servido la cena en casa.

Óscar. ¿Qué estaría haciendo en Andorra? ¡Ya era casualidad! Llevaban meses sin verse y se lo encontraba en la estación de esquí. ¿Qué probabilidades había? Si Gigi fuera menos inocente y aún creyera en el amor, habría pensado que se trataba del destino. Pero no, era imposible. Óscar ya era historia. No podía seguir pensando en él. No debía... El sonido del portátil la devolvió a la realidad.

Había quedado con Ari y Rai para hablar, ¡casi se le olvida!

Gigi se incorporó y aceptó la videollamada.

—¡Hooooola! —saludó Rai con su buen humor habitual—. ¿Qué tal todo en la montaña?

—No vivo en una montaña —bufó Gigi divertida—. Ni que fuera el yeti.

—No le hagas caso —dijo Ari—. ¿No ves que suspendió Geografía? El otro día me preguntó dónde estaba Andorra.

—¿En serio?

—¡Ari! —se quejó Rai—. ¡Era nuestro secreto!

Ari se echó a reír, y Gigi, aunque también soltó una risita, no sonó tan alegre como era habitual.

—Uy —dijo Ari. Se acercó a la pantalla del ordenador, como si de esa forma pudiera analizar mejor a Gigi—. A ti te pasa algo.

—Qué va...

—Mentirosa. —Rai le sacó la lengua—. ¿Qué ha pasado? ¿No tenías hoy que grabar un anuncio? ¿Tan mal te ha ido?

—No. Es que... —Gigi se mordió el labio inferior. Lo último que le apetecía era contarles a sus amigos que había vuelto a ver a Óscar. Ya se imaginaba lo pesados que se iban a poner. Intentarían convencerla de que, efectivamente, los había unido el destino y ese tipo de tonterías—. Olvidadlo. Da igual.

Pero sus amigos no pensaban dejar pasar el tema tan fácilmente. Ari se cruzó de brazos y Rai negó con la cabeza como si estuviera regañando a un niño pequeño.

—¿Ya estás otra vez comiéndote tú sola los problemas? —le echó en cara su amiga—. Gigi, ¡puedes confiar en nosotros!

—¿No fuiste tú la que dijo que, aunque se fuera a otro país, seguiríamos siendo tan cercanos como siempre?

Gigi suspiró.

—Vale, está bien. He visto a Óscar.

Ari parpadeó y Rai enmudeció, algo muy raro en él. Durante unos segundos, nadie dijo nada y Gigi empezó a removerse incómoda en el sitio. ¿No la habían escuchado o...?

—¡¿Qué?! —se lanzó Rai finalmente—. ¿¡A Óscar!?

—¿Dónde?

—Pues aquí —explicó ella—. En la estación de esquí en la que estaba haciendo la promo. Ha sido un encuentro raro. Me he tropezado y, cuando he alzado la vista, él estaba delante de mí y ¡resulta que trabaja ahí!

—Es el destino —susurró Rai, tapándose la boca con la mano. Ahí estaba.

—Tonterías —desechó Gigi con un aspaviento.

—¡No! —dijo Ari con tanta efusividad que la asustó—. Piénsalo, Gigi. ¿Y si es el planeta diciéndoos que tenéis que daros una segunda oportunidad?

—¿Habéis olvidado lo que pasó la última vez que decidí darle una segunda oportunidad? —preguntó ella en un tono tan brusco que inmediatamente se arrepintió. Rai bajó la vista—. Oh, Rai, lo siento mucho. No quería recordarte...

—No es eso. Es que me siento culpable. Si yo no me hubiera caído en la piscina tú y Óscar...

—No hubiera cambiado nada —cortó ella—. Óscar y yo simplemente no podemos ser pareja y ya está. No funcionamos. No pasa nada.

—Sí que pasa —dijo Ari—. Pasa que todavía le quieres y no le has olvidado. Nunca has sido tan feliz como cuando estabas con él. Te hizo ver las cosas de otra manera, Gigi.

—Es pasado.

—¿Sabes? —metió baza Rai—. Creo que si insistes tanto en dejarlo atrás es porque en realidad tienes miedo.

—¿Qué?

—Sí. Tienes miedo de que te vuelva a hacer daño. Por eso lo bloqueaste en redes y por eso no quieres aclarar nada con él. Te da miedo darte cuenta de que lo que sientes por él no lo sentirás por nadie más.

¿Desde cuándo Rai era tan maduro?

—Eso no es...

—Gigi, lo entendemos —murmuró ahora Ari con un tono de voz amable—. Es lógico que estés asustada. Óscar te rompió el corazón y has necesitado mucho tiempo para recuperarte, pero... de verdad que pienso que no deberías dejarlo escapar esta vez. Estáis los dos en Andorra. Te mereces un final feliz.

Gigi no supo qué decir. En el fondo, sabía que sus amigos tenían razón: el único motivo por el que había salido corriendo esta tarde era porque tenía miedo. Le había costado tanto llegar hasta donde estaba... Óscar le había roto el corazón y, ahora que por fin se había recuperado, no quería volver a sufrir.

¿Y si era real? Todo eso del destino y que Óscar y ella se merecían una segunda oportunidad... En cuanto lo vio en esa pista de esquí, Gigi lo supo enseguida: pasara el tiempo que pasara, ese chico siempre haría aletear mariposas en su estómago.

—Está... bien —dijo, tras pensarlo mucho—. Lo desbloquearé en Instagram y le preguntaré qué tal le va la vida.

—Muy bien. —Rai aplaudió—. Así, en plan casual, que no se te note que babeas por él.

—Es que no babeo por él.

—Bueno...

—Voy a colgar. Mañana hablamos.

—¿Qué? —se quejó Rai—. ¡Gisela, no nos puedes dejar así! ¡Nos va a comer vivos la curios...!

Pero Gigi fue implacable. Salió de la llamada tras sacarles la lengua y cerró la tapa del portátil. No lo había hecho a mala fe, es que necesitaba mentalizarse para lanzarse con Óscar. Qué tontería: antes podían hablar durante horas sin quedarse sin tema de conversación.

Gigi soltó aire mientras alargaba el brazo en busca de su móvil. Le costó más de diez minutos reunir el valor para desbloquearlo y otros quince para mandarle un mensaje que ella esperaba que fuera de lo más despreocupado.

@gigiis

Ey, gracias por lo de esta mañana.
Y perdón por haberme largado sin despedirme.
Ya sabes: el trabajo y eso.

Casi se dio un cabezazo contra uno de los cojines del sofá. ¿Y él qué narices iba a saber? ¡No tenía por qué haber seguido su trayectoria en redes! ¿Y si se pensaba que iba de diva o algo?

Por suerte, Óscar no tardó ni un segundo en contestar.

@oscarito.3

Hola.
Estoy...
Flipando, jajaja.
Gracias por hablar conmigo.

@gigiis

¿Por qué?
No soy una diva.

@oscarito.3

Lo sé.
Sigues siendo la misma Gigi de siempre.
Es que pensé que me tenías bloqueado.

@gigiis

Y te tenía.

Pero creo que ya somos mayorcitos
para hablar lo que sea que
nos haya pasado, no?

Gigi esperó, con el corazón latiéndole muy fuerte. Contuvo la respiración hasta que Óscar volvió a escribir.

@oscarito.3

Te he echado de menos.
Crees que podemos quedar?
Para hablar.
Necesito contarte qué fue lo que ocurrió aquella noche y también en el campamento.
Ya no hablo con Bill.

@gigiis

Qué?

@oscatiro.3

Es largo de contar.
Te apetece venir mañana a la cafetería de la estación de esquí?
Salgo de trabajar a las seis.

Gigi dudó, con los dedos sobre la pantalla del móvil. Dejó caer los hombros y escribió:

@gigiis

Está bien.
Nos vemos mañana.

Algo le decía que no podría pegar ojo en toda la noche.

Al día siguiente, Gigi llegó a la estación de esquí mucho antes de las seis. Tal y como supuso, apenas había podido pegar ojo en toda la noche, así que se había levantado al amanecer y había aprovechado el día para grabar contenido para sus redes sociales. Había intentado aguantar todo lo posible, pero, al final, los nervios habían podido con su paciencia y había salido de casa a las cinco de la tarde.

Cuando Gigi entró en la cafetería, Óscar estaba atendiendo en una de las mesas. Quiso evitarlo, pero sus ojos se detuvieron en él mucho más tiempo de lo que debía. El uniforme de camarero le quedaba tan bien... Oh, no. Óscar alzó la vista y la vio y a ella no le dio tiempo a retirar el rostro. El chico le mostró una sonrisa, pero Gigi no se la devolvió. Se sentó en una mesa algo alejada de los demás y se escondió detrás de la carta.

Se le iba a salir el corazón del pecho.

—¿Quieres que te traiga la especialidad de la casa? —preguntó una voz. Gigi casi pegó un brinco al darse cuenta de que era Óscar—. En realidad, son unas tostadas calentitas con crema de chocolate, pero estoy seguro de que te gustarán. Me queda media hora. ¿Por qué no meriendas mientras tanto?

—Está bien.

De nuevo, una sonrisa. Óscar se alejó y Gigi se distrajo observando las pistas de esquí a través del gran ventanal que ocupaba una de las paredes de la cafetería. No tuvo que esperar mucho. Apenas diez minutos después, el chico le trajo su merienda y una taza de chocolate caliente.

—Invita la casa —le dijo, y le guiñó un ojo mientras volvía a alejarse.

A Gigi casi se le paró el corazón. ¿Por qué era tan guapo?

Óscar tenía razón: solo eran unas tostadas, pero estaban de muerte. Gigi se las comió de muy buena gana y se bebió el chocolate mientras esperaba a que el chico terminara su turno. Por fin, a las seis y cinco, Óscar salió de una sala vestido ya con su ropa normal. Gigi sintió un pinchazo de decepción en la tripa.

Sería tonta. ¡Había venido a aclarar las cosas con él, no a babear!

—Perdona —dijo Óscar a modo de saludo. Se sentó frente a ella y cruzó las manos sobre la mesa—. No esperaba verte aquí tan pronto. ¿Se nota que me he puesto nervioso?

—¿Qué?

—Al verte. ¡Casi se me cae la bandeja al suelo!

—¿Por qué te pondrías nervioso al verme a mí?

Óscar parpadeó, como si no pudiera creerse lo que Gigi acababa de decir.

—¿No es obvio? Porque me gustas mucho, Gigi.

Gigi enmudeció y se echó hacia atrás en el asiento. ¿Desde cuándo Óscar era tan directo? Sí que había cambiado estos meses. Al igual que había sucedido con ella, poco quedaba ya del Óscar del instituto. La vida les había hecho madurar.

—Óscar, yo...

—Espera. Antes de que digas nada, por favor, déjame explicarte todo lo ocurrido —suplicó. Gigi asintió y Óscar soltó un suspiro de alivio—. Bien. ¿Por dónde empiezo? Ah, sí. Bill. Él me engañó. Pensé que era mi amigo, pero todo este tiempo en realidad lo único que ha hecho ha sido jugar conmigo y aprovecharse de mí. Bill está enamorado de ti.

—Lo sé —dijo ella, de mala gana—. Me lo dijo en el campamento. Me besó sin mi consentimiento, el muy idiota.

—El problema es que... yo lo vi.

—¿Qué?

—Os vi ese día y se me rompió el corazón —confesó bajito. Todavía parecía dolido—. Pensé que él te gustaba porque es mucho más guapo que yo y... cuando le pregunté a él, me dijo que te le habías declarado.

—¡¿Qué?! —repitió ella más fuerte—. ¡Eso es mentira! Óscar, te lo prometo, ¡no me gusta! Bill me cae mal. ¿Cómo iba a preferirlo en tu lugar? ¡Tú eres mil veces mejor que él!

Óscar alzó las cejas, sorprendido, y Gigi enrojeció.

Vaya, había hablado más de la cuenta.

—¿De verdad lo crees?

Pensó en mentir, pero Óscar parecía tan vulnerable que no le salió.

—Eres un tonto, ¿cómo pudiste creer...? ¿Por eso dejaste de hablarme en el campamento?

—Lo siento mucho. Bill me pidió que tomara distancia porque le molestaba que tú y yo nos lleváramos tan bien y como era mi amigo le hice caso. Además, me dijo que solo hablabas conmigo porque te daba pena.

Si Gigi pensaba que no podía estar más enfadada que ahora se equivocaba.

—¡Menudo mentiroso! ¿Y tú lo creíste?

—Era mi amigo —repitió.

—Pues era un amigo horrible. Menos mal que ya no le hablas. —Gigi soltó aire por la nariz, incrédula. Bill era peor de lo que había pensado. Ya sabía ella que no era trigo limpio—. Un momento, si tan seguro estabas de que te hablaba por pena, ¿por qué estuviste a punto de besarme en la reunión de exalumnos?

—Porque no pude evitarlo. Me gustabas mucho en el campamento, me gustabas en la reunión y me sigues gustando ahora.

Gigi estuvo a punto de ceder y lanzarse sobre sus brazos, pero entonces recordó las fotos y lo que ocurrió en el hospital y negó con la cabeza.

—Si tanto te gustaba, ¿por qué me dejaste tirada la noche del accidente de Rai? Te necesitaba, Óscar, y tú te fuiste de fiesta y...

—No es cierto —dijo él desesperado—. ¡Estaba yendo al aparcamiento cuando Bill me tiró dentro de la piscina y me hizo esas fotos!

—¿Qué?

—Entonces no entendía por qué lo había hecho. Ahora sé que lo hizo para separarnos otra vez. Como ya no te juntabas con él y no podía seguir haciéndome creer que erais pareja, tuvo que cambiar de planes. Yo seguía enamorado de ti, así que decidió hacer que tú me odiaras y separarnos para siempre.

Gigi no se lo podía creer. ¿Cómo podía existir gente tan mala en el mundo? Bill era... horrible. Por su culpa, Óscar y ella no habían podido estar juntos. Si él no se hubiera metido de por medio, si no los hubiera manipulado de esta forma..., su historia hubiera sido muy distinta. Gigi no se habría pasado días llorando hasta quedarse dormida.

—Es... —intentó decir, pero no le salían las palabras.

—Lo sé. —Óscar tenía los ojos llorosos—. Lo siento tanto, Gigi. No tendría que haber confiado en él, pero era mi amigo de la in-

fancia y nunca pensé que pudiera hacerme tanto daño. Descubrí la verdad hace unos meses, una noche que me quedé a dormir en su casa. Se creyó que estaba durmiendo y se puso a contarle todo a otro colega... —Hizo una pausa—. Nunca me había enfadado tanto. Me largué de allí y no he vuelto a verle más. Intenté buscarte para contarte toda la verdad, pero no tuve el valor de hablar contigo. Me habías bloqueado en todas partes y quería respetar tu silencio. No quería hacerte más daño.

Esta vez fue Gigi quien estuvo a punto de echarse a llorar.

Qué injusta era la vida a veces y qué sencillo hubiera sido todo si hubieran hablado de los problemas.

—Me rendí, ¿sabes? —continuó Óscar—. Nunca he dejado de quererte, pero me rendí. Estos meses han sido muy difíciles para mí. La universidad no era lo que yo esperaba, así que la dejé. Cuando me ofrecieron el trabajo en la estación de esquí pensé en rechazarlo, pero... algo me dijo que tenía que aceptarlo, que mi lugar estaba aquí. Y menos mal, porque por lo menos he podido hablar contigo y estamos aclarando las cosas.

—Óscar... —trató de decir ella. Le salió la voz ronca por la tristeza.

—Dime una cosa, Gigi. Sé que lo nuestro no puede ser, pero... ¿por lo menos podemos volver a ser amigos? Echo de menos reírme contigo, que me enseñes tus bailes y tu maquillaje. Echo de menos los planes que hacíamos, tus chistes y tu risa. No me importa no ser tu novio, pero no puedo pasarme el resto de mi vida sin ser tu amigo. Así que, ¿qué me dices?

Gigi no contestó. Estaba demasiado conmocionada, no solo por la tristeza, por la rabia, por la frustración, sino porque... Óscar se le había declarado como nunca antes nadie lo había hecho. Una y otra vez, el chico siempre sabía cómo dejarla sin palabras.

Entonces se dio cuenta de que, en realidad, no las necesitaba. No para hacerle entender lo que gritaba su corazón. Así que se levantó de la silla y se acercó a él. Aún sin decir nada, tendió una mano en su dirección, como tantas veces había hecho Óscar cuando ella se había caído. Extrañado, el chico la aceptó y Gigi tiró de él hasta ponerlo en pie.

—No puedo ser solo tu amiga —susurró finalmente—. Porque a mí sí que me importa no ser tu novia. Eso es lo que yo no podría soportar.

Óscar abrió los ojos con sorpresa, y Gigi aprovechó ese momento para alzarse sobre los talones y besarlo.

Por fin, después de tanto tiempo, estaba donde siempre había soñado estar.

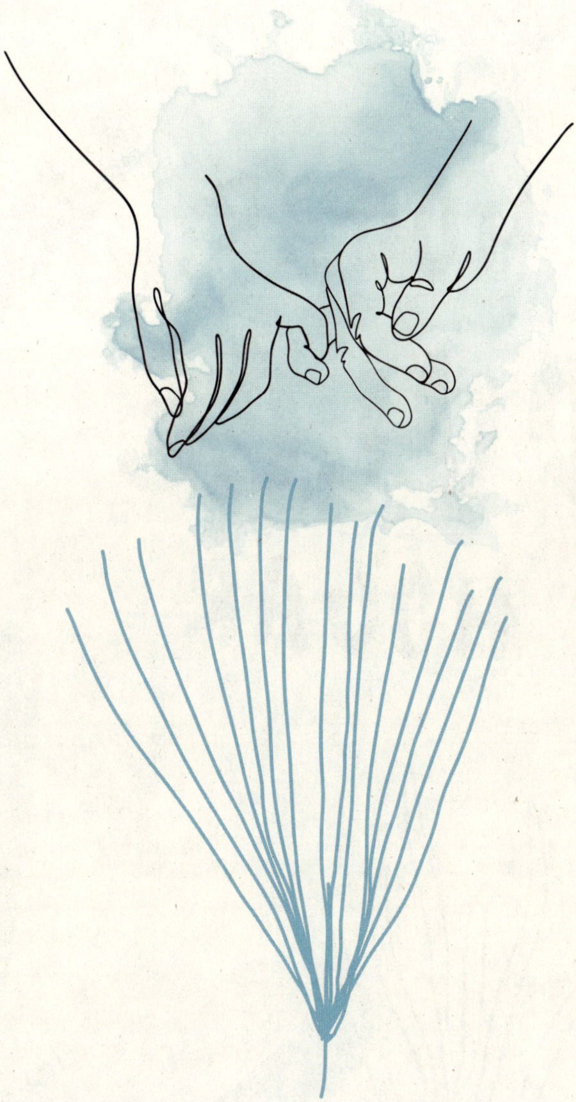

Epílogo

HOGAR, DULCE HOGAR

El contrato de Óscar en la estación de esquí terminaba a principios de verano.

Desde ese primer beso en la cafetería, él y Gigi habían empezado a salir y aprovechaban todo el tiempo libre que tenían para estar juntos. A veces, era complicado. Gigi tenía muchos eventos y promos que grabar y los horarios de Óscar variaban de la noche a la mañana. Pero, después de todo lo que les había costado, Gigi estaba dispuesta a pelear muy duro por su relación.

El futuro era incierto. Una vez que Óscar terminara su trabajo en la estación de esquí, Gigi no sabía qué sería de ellos. ¿Volvería a casa? No lo habían hablado. Le daba terror la respuesta. Porque, si Óscar quería marcharse, ella lo respetaría, aunque doliera.

—Ten cuidado... ¡Cuidado! —repitió Óscar. Gigi soltó una carcajada. Su novio le tapaba los ojos y ella no veía nada.

—Eres un guía horrible —se quejó, aunque no podía parar de sonreír.

—Lo siento —le dijo él—. Un poco más... ¡Listo! ¿Preparada?

Gigi contestó un «¡sí!» entusiasmado y a punto estuvo de pegar un saltito de la emoción. ¿Qué sorpresa le había preparado Óscar?

No tenía ni idea. El chico había pasado por su casa para recogerla y simplemente le había pedido que no hiciera ninguna pregunta.

Óscar le destapó los ojos y...

—¡Oh! —exclamó ella. Se echó las manos a la boca para ahogar un grito y se tiró al suelo donde había una caja de madera con un conejito—. ¡Óscar! Es perfecto. ¿Cómo sabías...? ¿Te acordabas de que siempre había querido tener uno?

—Claro que sí —respondió él. Se agachó junto a Gigi y la ayudó a coger al conejito para que ella pudiera acercarlo a su pecho—. Siempre recuerdo todo lo que me dices.

Gigi no cabía en sí de contenta. Era todo sonrisas. Le dio un rápido beso a Óscar y luego centró toda su atención en el animalito. Era precioso: blanco con manchas grises. No podía dejar de mirarlo.

—¿Cómo lo vas a llamar?

—¡Ostras! Es verdad. —Gigi lo meditó unos segundos—. ¡Timmy! ¿Te gusta?

—Me encanta. —Esta vez fue Óscar quien se inclinó para besarla. Gigi deseó que ese momento no se terminara nunca.

Pero había que llevar a Timmy a casa, así que Óscar se alejó para cerrar los papeles de la adopción con el refugio y ella se quedó a solas con el nuevo miembro de su familia.

No podía creerse que Óscar hubiera hecho esto por ella. Si antes estaba enamorada de él, ahora su corazón le iba a explotar dentro del pecho.

Cuando Óscar volvió, ayudó a Gigi a cargar a Timmy en el coche. Los del refugio les habían dado todo lo necesario para el pequeñín, pero ella quería comprarle una casa, y estaba deseando tener tiempo para escaparse a una tienda de animales. Sin embargo, lo primero era lo primero: acondicionar una sala de su casa para que Timmy pudiera jugar y saltar con libertad. A última hora de la tarde, Gigi y Óscar estaban agotados, pero Timmy parecía estar acostumbrándose a su nuevo hogar, así que había merecido la pena todo el esfuerzo.

Gigi había grabado unos *stories* con todo el proceso de adaptación del animalito y ahora tenía el móvil que echaba humo con los comentarios.

—La gente te adora —le dijo a Óscar.

—¿En serio?

—Sí. Opinan que eres el novio perfecto.

El chico sonrió y le pasó el brazo por los hombros para acercarla a él.

—¿Y qué piensas tú?

—Mmm... No estás mal, supongo.

—¡Oye! —se quejó él. Gigi se echó a reír, aunque no tardó en ponerse seria—. ¿Qué pasa?

—Nada. Es que... —dudó—. Tu contrato en la estación de esquí terminará pronto.

Óscar se removió, inquieto.

—Sí.

—¿Tienes pensado volver a Barcelona?

—¿Tú quieres que vuelva?

Esta vez, Gigi no tuvo ninguna duda.

—No.

—Si tengo que ser sincero, yo tampoco quiero irme. Había pensado empezar otra carrera en la universidad, pero... puedo hacerlo a distancia.

El corazón de Gigi se aceleró.

—Quédate aquí —se lanzó por fin.

—¿Qué?

—Quédate aquí, conmigo y con Timmy. Mi casa es grande y no creo que la agencia ponga ninguna pega. Ya lo has visto: las redes sociales te adoran. ¡Todo el mundo me dice que te abras una cuenta! ¿Qué te parece?

Óscar guardó silencio mientras pensaba en la propuesta de Gigi.

—No quiero ser una molestia.

—No lo eres, Óscar. Nunca lo serías. ¿Es que no quieres quedarte...?

—¿Contigo? —terminó él por ella. La abrazó con más fuerza y negó con la cabeza—. Claro que quiero, Gigi. Más que nada. ¡Hemos tardado tanto tiempo en estar juntos! Se me han hecho muy cortos estos meses. No querría alejarme de ti por nada en el mundo.

—¿Entonces?

—Es que me sabría muy mal quedarme sin aportar nada a cambio.

—Entiendo... A ver qué te parece esto: puedes ayudarme con mi contenido y con los guiones. Y, si te decides a abrir un canal de YouTube, te puedo ayudar a ti con el tuyo. Puedo aparecer en tus vídeos y tú en los míos. ¿No me lo dijiste el otro día? Te divierte salir delante de las cámaras y hablar con los demás.

Óscar sonrió.

—Eso me gusta más.

—¿Quiere eso decir que te quedas?

—Si tú quieres, sí.

—¿Es que no te ha quedado claro? —preguntó ella—. ¡Ven aquí, tonto!

Gigi lo besó, más feliz que nunca.

¡Óscar se quedaría en Andorra! Era un sueño convertido en realidad. Se sentía como en una nube. Por fin, después de muchas vueltas, había encontrado su lugar en el mundo junto al chico de sus sueños. Puede que al principio Óscar no hubiera entrado en sus planes, al igual que tampoco lo de dedicarse a redes sociales, pero Gigi no lo cambiaría por nada del mundo. Había encontrado su pasión y Gigi se sentía más Gigi que nunca.

Estaba deseando ver qué le deparaba el futuro. Gigi pensaba ir a por todas. Todavía tenía muchos sueños que cumplir. Y ahora que había encontrado la fuerza que se escondía en su interior... ¡no dejaría que nada la detuviera!

Fin